엮은이 김영배

팬시 · 아트(2)

중 · 고생을 위한명시

감성 · 이성 · 미적감각에
사랑과 흥미를 가미한 청소년의 장

태 을 출 판 사

팬시·아트북을 예쁘게 꾸미려면

　청소년 여러분의 감각과 창의를 믿고 의지하며 본 팬시·아트북이 보다 아름답고 예쁘게 보다 보배로운 책으로 꾸밀 수 있는 방법을 간략히 설명하여 드리려 합니다.
　먼저 앞뒤 표지의 날개의 예시된 기본예를 보아 주시고 어떻게 채색하여 꾸미면 이것보다 예쁘게 될까를 생각해 보시고 난후 아래 방법을 읽어보세요.

*** 예쁘게 꾸미는 방법 ***

1. 책의 내용을 이용하거나 장식테를 그려 장식할 수도 있지만 여기서는 여러분의 글씨로 책 내용을 사각이 되도록 표지 예시처럼 써 넣으세요. 테의 글씨는 어떠한 글씨체라도 안의 내용이 중심을 잡고 있기 때문에 무방합니다.

2. 준비된 형광펜 빨강, 녹색, 노랑 3색을 이용하거나 여러분이 좋아하는 취향의 색으로 3색을 넘어서도 가능하지만 전체의 내용이 산만해질 우려가 있어 3색을 원칙으로 하였습니다. 먼저 빨강색을 넣는데 글자의 자음과 받침에 있어서 'ㅁ, ㅂ, ㅇ, ㅍ, ㅎ'처럼 막혀 있는 자음 2개를 건너 뛰어 빨강을 칠하여 갑니다. 여러분이 써서 사각의 테를 만든 부분도 이와같이 합니다.

3. 빨강색을 다 칠하였으면 다음 녹색을 칠해 가는데 녹색은 빨강색 다음으로 칠하여 갑니다. 또 다음 색 역시 녹색 다음으로 칠하여 갑니다. 그리고 난후 그림에 색을 넣습니다.

※ [예시]

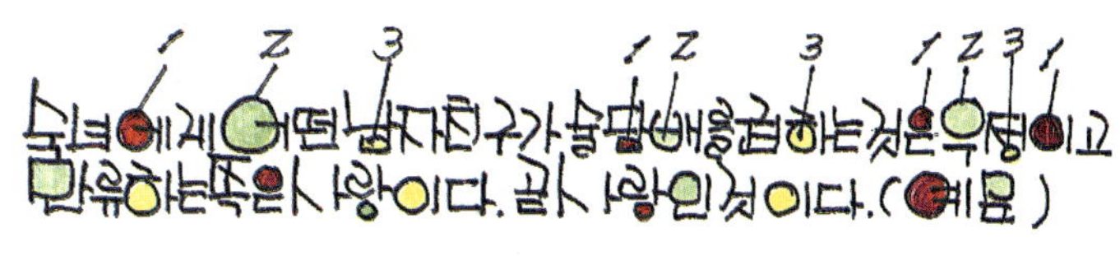

　한페이지를 기본으로 1의 빨강색을 두칸 뛰어 전체 칠하고 다음 2번의 녹색을, 다음 3번노랑색 순으로 칠하세요.
※ 본 팬시·아트북 내용을 채색 장식한 것중 가장 잘된 것을 분기별 현상공모 할 예정이니 잘된 쪽의 페이지를 절취하여 액자를 만들어 놓거나 본사 사서함 주소로 보내주세요. 기타 자세한 사항은 책 뒷면의 "원고 모집"을 보아주세요.

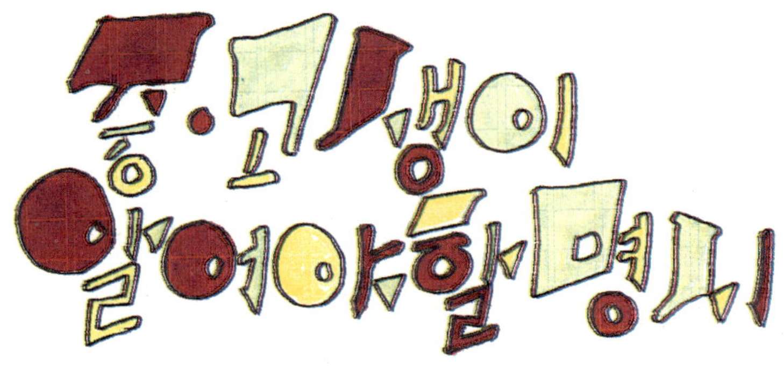
중·고생이
알아야 할 명시

진달래꽃

김소월

나 보기가 역겨워
가실 때에는
말없이 고이 보내 드리우리다.

영변에 약산
진달래꽃
아름 따다 가실 길에 뿌리오리다.

가시는 걸음 걸음
놓인 그 꽃을
사뿐히 즈려 밟고 가시옵소서.

나 보기가 역겨워
가실 때에는
죽어도 아니 눈물 흘리오리다.

접동새

김소월

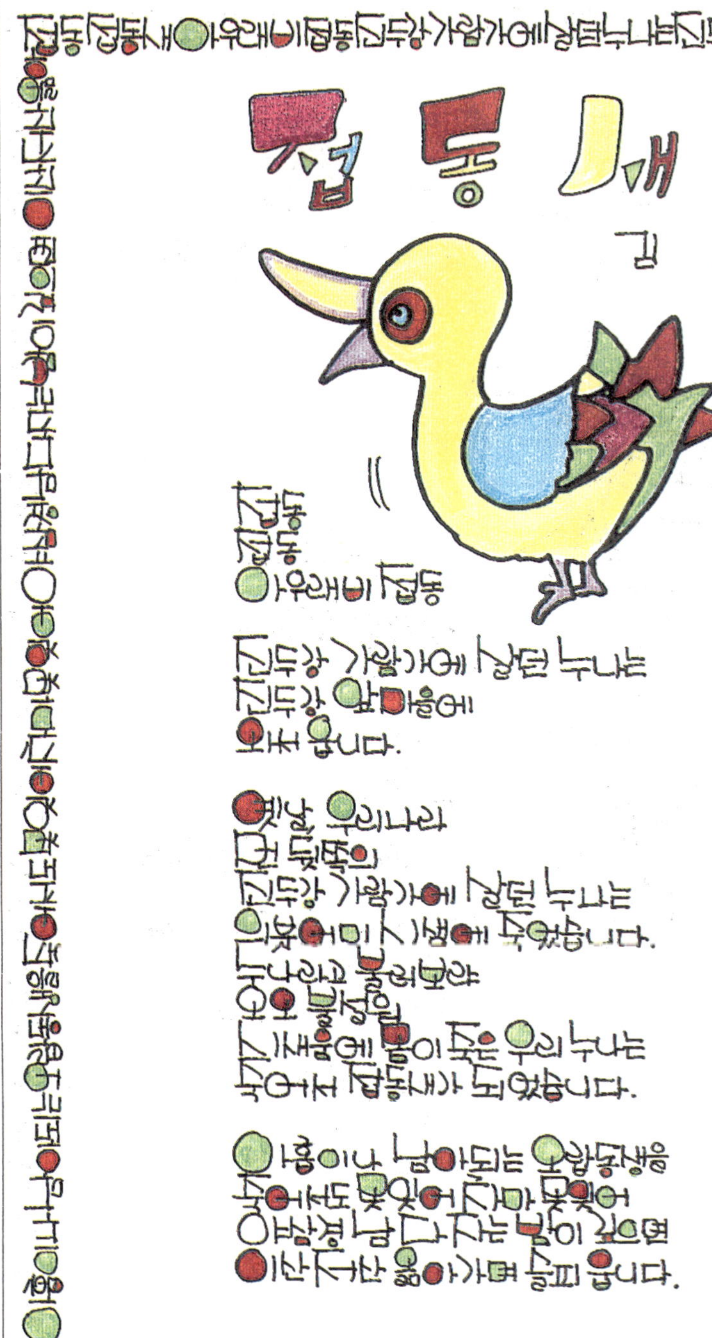

접동
접동
아우래비 접동

진두강 가람가에 살던 누나는
진두강 앞마을에
와서 웁니다.

옛날, 우리나라
먼 뒷쪽의
진두강 가람가에 살던 누나는
의붓어미 시샘에 죽었습니다.

누나라고 불러보랴
오오 불설워
시샘에 몸이 죽은 우리 누나는
죽어서 접동새가 되었습니다.

아홉이나 남아 되는 오랍동생을
죽어서도 못 잊어 차마 못 잊어
야삼경 남 다 자는 밤이 깊으면
이산 저산 옮아가며 슬피 웁니다.

산유화
김소월

산에는 꽃 피네
꽃이 피네
갈 봄 여름 없이
꽃이 피네.

산에
산에
피는 꽃은
저만치 혼자서 피어 있네.

산에서 우는 작은 새여
꽃이 좋아
산에서 사노라네.

산에는 꽃 지네
꽃이 지네
갈 봄 여름 없이
꽃이 지네

옷과 밥과 자유

김 소 월

공중에 떠다니는
저기 저 새여
네 몸에는 털 있고 깃이 있지.

밭에는 밭곡식
논에는 물벼
눌하게 익어서 수그러졌네.

초산이나 적유령
넘어선다.
짐 실은 저 나귀는 너는 왜 넘니?

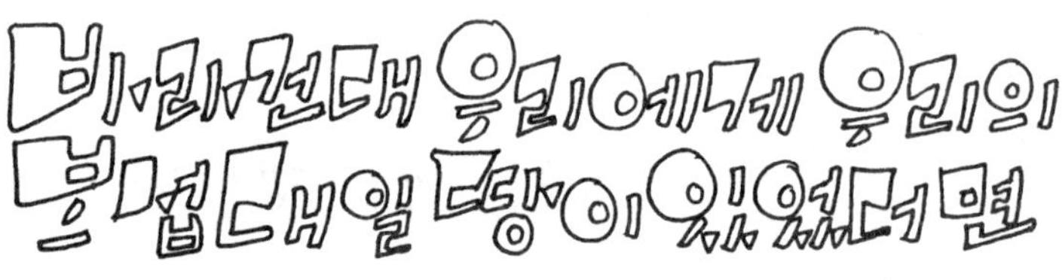

나는 꿈꾸었노라, 동무들과 내가 가지런히
벌가의 하루 일을 다 마치고
석양에 마을로 돌아오는 꿈을,
즐거이, 꿈 가운데.

그러나 집 잃은 내 몸이여,
바라건대는 우리에게 우리의 보습대일 땅이 있었더면!
이처럼 떠돌으랴, 아침에 저물손에
새라새로운 탄식을 얻으면서

동이랴, 남북이랴,
내 몸은 떠가나니, 볼지어다.
희망의 반짝임은, 별빛이 아득임은,
물결뿐 떠올라라, 가슴에 팍 다치어.

그러나 어쩌면 황송한 이 심정을, 날로 날로 내
앞에는 자못 가능은 성이 이어가라. 나는 나아가리라.
한 걸음, 또 한 걸음 보이는 산비탈엔
온 새벽 동무들, 저저 혼자… 산경을 김매이는.

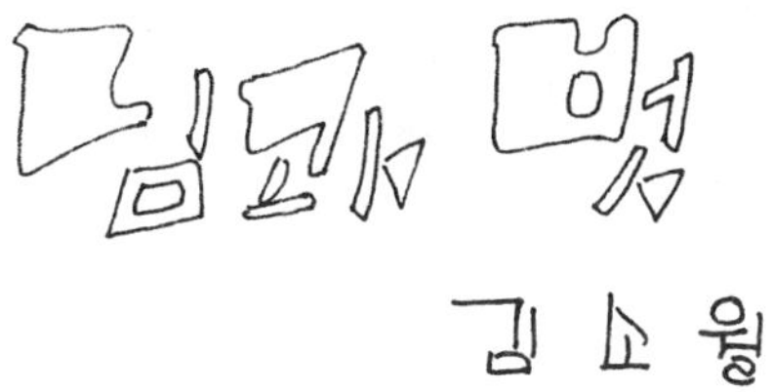

님과 벗
김소월

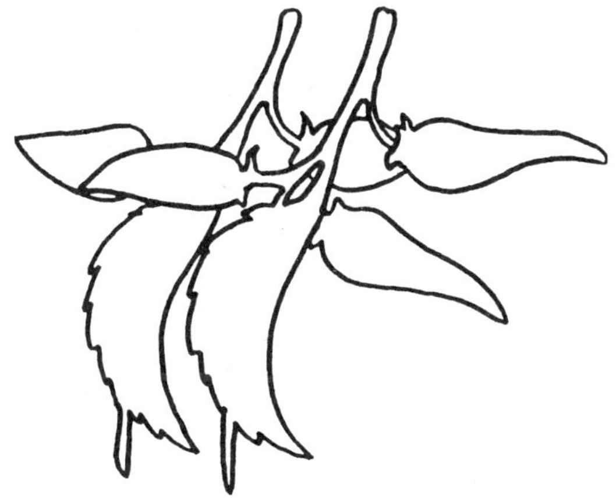

벗은 서름에서 반갑고
님은 사랑에서 좋아라.
딸기꽃 피어서 향기로운 때를
고추의 붉은 열매 익어가는 밤을
그대여 부르라 나는 마시리.

가는 길

김소월

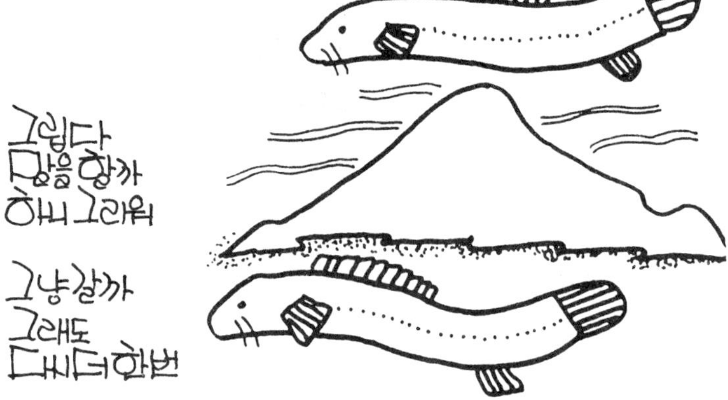

그립다
말을 할까
하니 그리워

그냥 갈까
그래도
다시 더 한번

저 산에도 까마귀, 들에 까마귀
서산에는 해 진다고
지저귑니다.

앞강물 뒷강물
흐르는 물은
어서 따라 오라고 따라 가자고
흘러도 연달아 흐릅디다려.

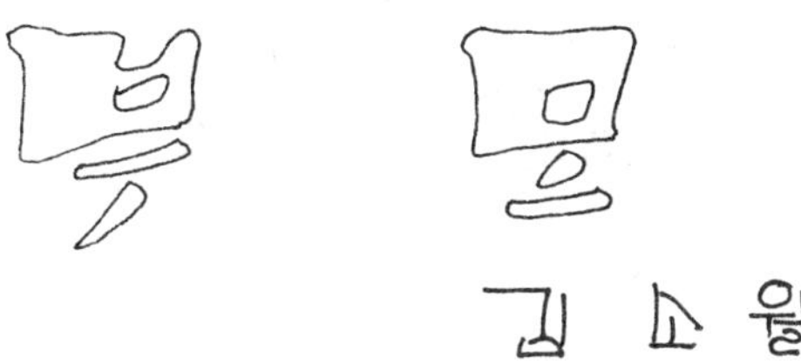

낙엽이 우수수 떨어질 때
겨울의 기나긴 밤
어머님하고 둘이 앉아
옛이야기 들어라.
나는 어쩌면 생겨나와
이 이야기 듣는가?
묻지도 말아라, 내일 날에
내가 부모되어서 알아보랴.

왕십리

김 소 월

비가 온다
오누나
오는 비는,
올지라도 한 닷새 왔으면 좋지.

여드레 스무날엔
온다고 하고
초하루 삭망이면 간다고 했지.
가도 가도 왕십리 비가 오네.

웬걸, 저 새야
울랴거든
왕십리 건너가서 울어나 다고,
비 맞아 나른해서 벌새가 운다.

천안에 삼거리 실버들도
촉촉히 젖어서 늘어졌다네,
비가 와도 한 닷새 왔으면 좋지.
구름도 산마루에 걸려서 운다.

초혼

김소월

산산이 부서진 이름이여!
허공중에 헤어진 이름이여!
불러도 주인 없는 이름이여!
부르다가 내가 죽을 이름이여!

심중에 남아 있는 말 한마디는
끝끝내 마저 하지 못하였구나.
사랑하던 그 사람이여!
사랑하던 그 사람이여!

붉은 해는 서산 마루에 걸리었다.
사슴의 무리도 슬피 운다.
떨어져 나가 앉은 산 위에서
나는 그대의 이름을 부르노라.

설움에 겹도록 부르노라.
설움에 겹도록 부르노라.
부르는 소리는 비껴 가지만
하늘과 땅 사이가 너무 넓구나.

선 채로 이 자리에 돌이 되어도
부르다가 내가 죽을 이름이여!
사랑하던 그 사람이여!
사랑하던 그 사람이여!

남으로 창을 내겠소.
밭이 한참 갈이
괭이로 파고
호미론 풀을 매지요.

구름이 꼬인다 갈 리 있소
새 노래는 공으로 들으라오
강냉이가 익걸랑
함께 와 자셔도 좋소.

왜 사냐건
웃지요.

김 영 랑

모란이 피기까지는
나는 아직 나의 봄을 기다리고 있을 테요
모란이 뚝뚝 떨어져 버린 날
나는 비로소 봄을 여읜 설움에 잠길 테요
오월 어느 날 그 하루 무덥던 날
떨어져 누운 꽃잎마저 시들어 버리고는
천지에 모란은 자취도 없어지고
뻗쳐 오르던 내 보람 서운케 무너졌느니
모란이 지고 말면 그뿐, 내 한 해는 다 가고
말아
삼백예순 날 하냥 섭섭해 우옵내다
모란이 피기까지는
나는 아직 기다리고 있을 테요, 찬란한
슬픔의 봄을

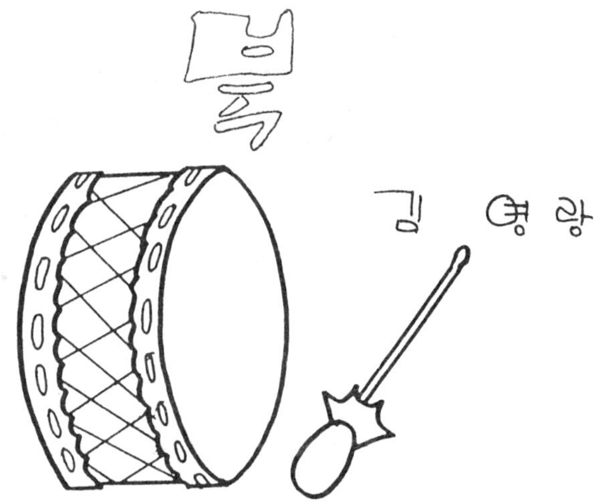

자네 소리하게 내 북을 잡지.

진양조 중머리 중중머리
엇머리 잦아지다 휘몰아보아.

이렇게 숨결이 꼭 맞아서만 이룬 일이란
인생에 흔치 않아. 어려운 일 시원한 일.

소리를 떠나서야 북은 오직 가죽일 뿐
헛데 때리면 만갑이도 숨을 고쳐 쉴밖에.

장단을 친다는 말이 모자라오
연창을 살리는 반주쯤은 시뿌리고
북은 오히려 컨닥터요 —.

떠받는 명고인데 잔가락을 온통 잊으오
떡 궁! 동중정이오 소란속에 고요 있어.
인생이 가을같이 익어가오.

자네 소리하게 내 북을 잡지.

돌담에 속삭이는 햇발

김영랑

돌담에 속삭이는 햇발같이
풀 아래 웃음 짓는 샘물 같이
내 마음 고요히 고운 봄길 위에
오늘 하루 하늘을 우러르고 싶다.

새악시 볼에 떠오는 부끄럼같이
시의 가슴에 살포시 젖는 물결 같이
보드레한 에메랄드 얇게 흐르는
실비단 하늘을 바라보고 싶다.

독(毒)을 차고

김영랑

내 가슴에 독을 찬 지 오래로다.
아직 아무도 해한 일 없는 새로 뽑은 독
벗은 그 무서운 독 그만 흩어 버리라 한다.
나는 그 독이 벗도 선뜻해 할 지 모른다고 위협하고,

독 안에 서서 괴로워도 머지않아 나 죽어 가버리면
무궁한 억만 세대가 그 뒤로 잠자코 흘러가고
나중에 땅덩이 모지라져 모래알이 될 것임을
'허무한듸!' 독은 차서 무엇하느냐고?

아! 내 세상에 태어났음을 원망 않고 보낸
어느 하루가 있었던가, '허무한듸!' 허나
앞뒤로 덤비는 이리 승냥이 바야흐로 내 마음을 노리매
내 산 채 짐승의 밥이 되어 찢기우고 할퀴우라
내맡긴 신세임을

나는 독을 차고 선선히 가리라
막음날 내 외로운 혼 건지기 위하여

김 영 랑

큰 칼 쓰고 옥에 든 춘향이는
제 마음이 그리도 독했던가 놀래었다.
성문이 부서져도 이 악물고
사또를 노려보던 교만한 눈
그 옛날 성학사 박팽년이
불지짐에도 태연하였음을 알았었니라
오! 일편단심

원통코 독한 마음 낮과 꿈을 이뤘으랴
옥방 첫날밤은 길고도 무서워라
서름이 사무치고 지쳐 쓰러지면
남강의 외론 혼은 불리어 나왔느니
논개! 어린 춘향을 꼭 안아
밤새워 마음과 살을 어루만지다
오! 일편단심

사랑이 무엇이기
정절이 무엇이기
그 때문에 꽃의 춘향 그만 옥사한단말가
지네 구멍이 같은 어둑한
옥방에 까무러쳐도
어린 가슴 달큼히 지켜주는 도령님 생각
오! 일편단심

[하략]

김 영 랑

내 마음을 아실 이
내 혼자 마음 날 같이 아실 이
그래도 어디나 계실 것이면,

내 마음에 때때로 어리우는 티끌과
속임 없는 눈물의 간곡한 방울방울,
푸른 밤 고이 맺는 이슬 같은 보람을
보배듯 감추었다 내어 드리지.

아! 그립다.
내 혼자 마음 날 같이 아실 이
꿈에나 아득히 보이는가.

향 맑은 옥돌에 불이 달아
사랑은 타기도 하오련만
불빛에 연기듯 희미론 마음은
사랑도 모르리, 내 혼자 마음은.

싸늘한 이마

박 용철

큰 어둠 가운데 홀로 밤은 불 켜고 앉아 있으면
모두 빼앗기는 듯한 외로움
한 포기 산꽃이라도 있으면 얼마나 한 위로이랴

모두 빼앗기는 듯 눈덮개 고이 나리면 환한 온몸은
새파란 불 붙어 있는 인광
까만 귀뚜리 하나라도 있으면 얼마나 한 기쁨이랴

파란 불에 몸을 사르면 싸늘한 이마 맑게 트이어
기어가는 신경의 간지러움
길 잃은 별이라도 맑게 있다면 얼마나 한 즐거움이랴

나두 야 간다
나의 이 젊은 나이를
눈물로야 보낼거냐
나두 야 가련다

아득한 이 항구들 손쉽게야 버릴거냐
안개같이 물어린 눈에도 비치나니
골짜기마다 발에 익은 뫼부리 모양
주름살도 눈에 익은 아, 사랑하던 사람들

버리고 가는 이도 못잊는 마음
쫓겨가는 마음인들 무어 다를거냐
돌아다보는 구름에는 바람이 헷방짓는다
앞대일 언덕인들 마련이나 있을거냐

나두 야 가련다
나의 이 젊은 나이를
눈물로야 보낼거냐
나두 야 간다.

세월이 가면

박 인환

지금 그 사람 이름은 잊었지만
그의 눈동자 입술은
내 가슴에 있네.

바람이 불고
비가 올 때도
나는 저 유리창 밖
가로등 그늘의 밤을 잊지 못하지.

사랑은 가고
옛날은 남는 것.
여름날의 호숫가
가을의 공원
그 벤치 위에
나뭇잎은 떨어지고
나뭇잎은 흙이 되고
나뭇잎에 덮여서
우리들 사랑이 사라진다 해도.

지금 그 사람 이름은 잊었지만
그의 눈동자 입술은
내 가슴에 있네.
내 서늘한 가슴에 있네.

목마와 숙녀

박 인 환

한 잔의 술을 마시고
우리는 버지니아 울프의 생애와
목마를 타고 떠난 숙녀의 옷자락을 이야기한다.
목마는 주인을 버리고 그저 방울소리만 울리며
가을 속으로 떠났다. 술병에서 별이 떨어진다.
상심한 별은 내 가슴에 가볍게 부서진다.
그러한 잠시 내가 알던 소녀는
정원의 초목 옆에서 자라고
문학이 죽고 인생이 죽고
사랑의 진리마저 애증의 그림자를 버릴 때
목마를 탄 사랑의 사람은 보이지 않는다.
세월은 가고 오는 것
한때는 고립을 피하고 시들어가고
이제 우리는 작별하여야 한다.
술병이 바람에 쓰러지는 소리를 들으며
늙은 여류작가의 눈을 바라다 보아야 한다.

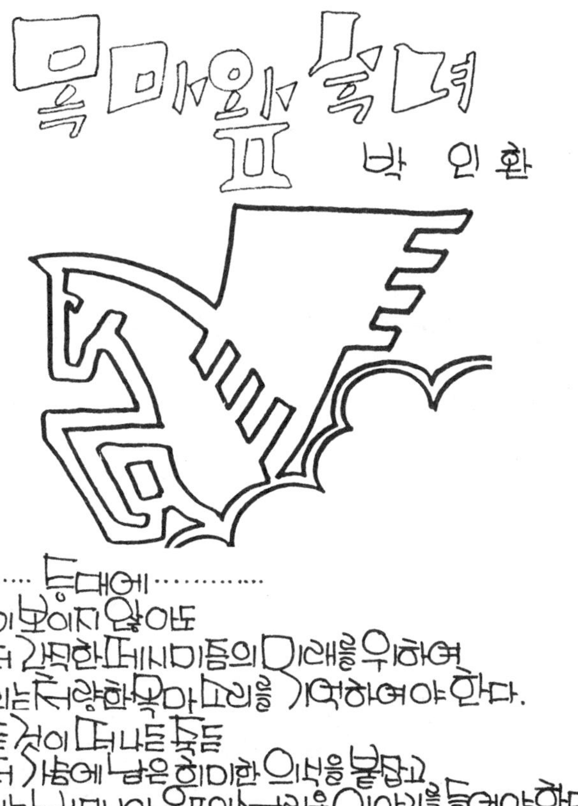

목마와 숙녀

박 인 환

········ 등대에 ········

불이 보이지 않아도
그저 간직한 페시미즘의 미래를 위하여
우리는 처량한 목마 소리를 기억하여야 한다.
모든 것이 떠나든 죽든
그저 가슴에 남은 희미한 의식을 붙잡고
우리는 버지니아 울프의 서러운 이야기를 들어야 한다.
두 개의 바위틈을 지나 청춘을 찾는 뱀과 같이
이제 우리는 작별하여야 한다.
술병이 바람에 쓰러지는 소리를 들으며
늙은 여류작가의 눈을 바라다보아야 한다.
인생은 외롭지도 않고
그저 잡지의 표지처럼 통속하거늘
한탄할 그 무엇이 무서워서 우리는 떠나는 것일까.
목마는 하늘에 있고
방울 소리는 귓전에 철렁거리는데
가을 바람 소리는
내 쓰러진 술병 속에서 목메어 우는데.

검은 강

박 인 환

신이란 이름으로서
우리는 최후의 노정을 찾아보았다.
어느날 게시판에서 들려오는
군대의 합창을 귀에 받으며
우리는 죽으러 가는 자와는
반대 방향의 열차에 앉아
정욕처럼 피폐한 소설에 눈을 흘겼다.

지금 바람처럼 교차하는 지대
시기엔 무게의 불순한 욕망이 반사되고
노부의 아들은 표정도 없이
희음과 조명이 가득찬
생과 사의 경지로 떠난다.

달은 정막보다도 더욱 처량하다.
멀리 우리의 시선을 집중한
인간의 피로 이룬
자유의 성채
그것은 우리와 같이 퇴각하는 자와는
관련이 없었다.

신이란 이름으로서
우리는 저 달 속에
암담한 검은 강이 흐르는 것을 보았다.

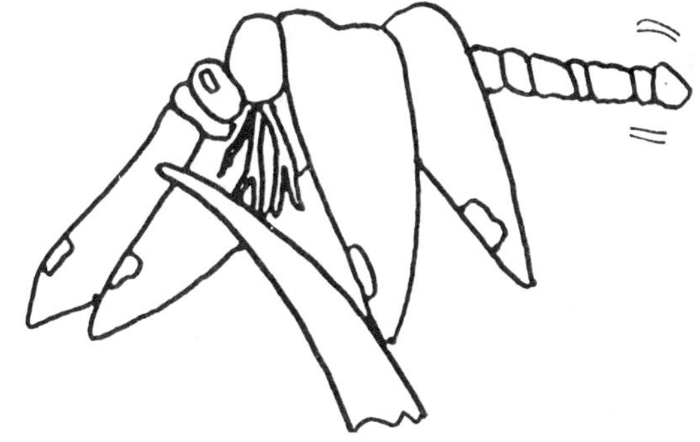

산턱 원두막은 비었나 불빛이 외롭다
헌겊심지에 아주까리 기름의 쪼는 소리가 들리
는 듯하다

잠자리 조을든 문허진 성터
반딋불이 난다 파란 혼들 같다
어데서 말있는 듯이 크다란 산새 한 마리 어
두운 골짜기로 난다.

헐리다 남은 성문이
하늘 빛같이 훤하다
날이 밝으면 또 메기수염의 늙은이가 청배를 팔
려 올 것이다.

여승은 합장하고 절을 했다.
가지취의 내음새가 났다.
쓸쓸한 낯이 옛날같이 늙었다.
나는 불경처럼 서러워졌다.

평안도의 어느 산 깊은 금덤판
나는 파리한 여인에게서 옥수수를 샀다.
여인은 나 어린 딸아이를 때리며
— 가을밤같이 차게 울었다.

섶벌같이 나아간 지아비 기다려 십 년이
— 갔다.
지아비는 돌아오지 않고
어린 딸은 도라지꽃이 좋아 돌무덤으로 갔다.

산 꿩도 설게 울은 슬픈 날이 있었다.
산절의 마당귀에 여인의 머리오리가
— 눈물방울과 같이 떨어진 날이 있었다.

모닥불

백석

새끼오리도 헌신짝도 소똥도 갓신창도 개니빠디도 너울쪽도 집검불도 가랑잎도 머리카락도 헝겊조각도 막대꼬치도 기왓장도 닭의 짓도 개터럭도 타는 모닥불.

재당도 초시도 문장늙은이도 더부살이 아이도 새사위도 갓사둔도 나그네도 주인도 할아버지도 손자도 붓장수도 땜쟁이도 큰 개도 강아지도 모두 모닥불을 쪼인다.

모닥불은 어려서 우리 할아버지가 어미아비 없는 서러운 아이로 불쌍하니도 몽둥발이가 된 슬픈 역사가 있다.

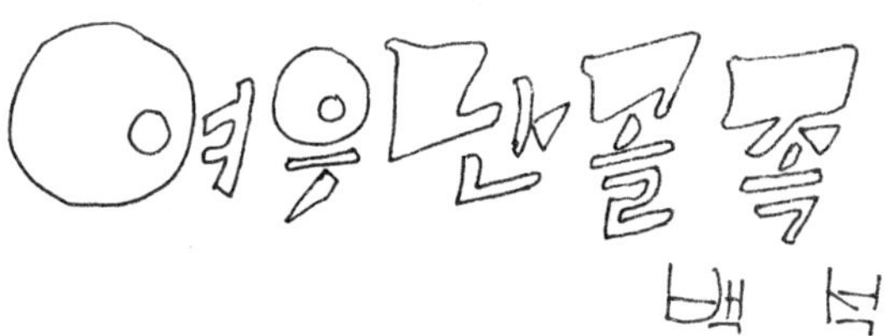

그날이 오면

심 훈

그날이 오면 그날이 오면은
삼각산이 일어나 더덩실 춤이라도 추고
한강물이 뒤집혀 용솟음칠 그 날이
이 목숨이 끊기기 전에 와 주기만 할 양이면
나는 밤하늘에 날으는 까마귀와 같이
종로의 인경을 머리로 들이받아 울리오리다.
두개골은 깨어져 산산조각이 나도
기뻐서 죽사오매 오히려 무슨 한이 남으오리까.

그날이 와서 오오 그 날이 와서
육조 앞 넓은 길을 울며 뛰며 뒹굴어도
그래도 넘치는 기쁨에 가슴이 미어질 듯하거든
드는 칼로 이 몸의 가죽이라도 벗겨서
커다란 북을 만들어 들쳐 메고는
여러분의 행렬에 앞장을 서오리다.
우렁찬 그 소리를 한 번이라도 들려만 주면
그 자리에 거꾸러져도 눈을 감겠소이다.

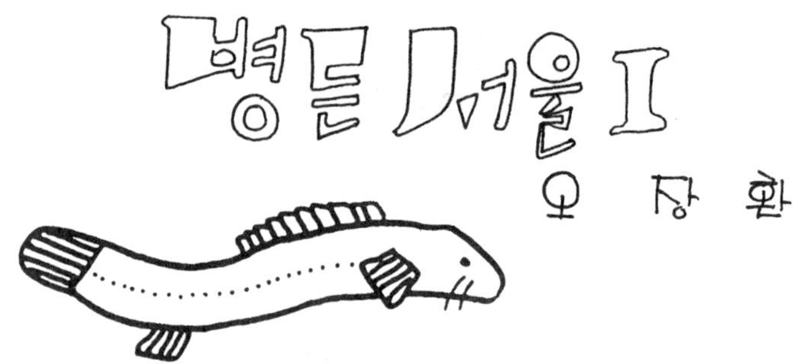

병든 서울 I

오 장 환

8월 15일 밤에 나는 병원에서 울었다.
너희들은 다 같은 기쁨에
내가 운줄 알지만 그것은 새빨간 거짓말이다.
일본천황의 방송도,
기쁨에 넘치는 소문도,
내게는 같이가 들리지 않았다.
나는 그저 병든 탕아로
어머니 앞에서 죽는 것이 부끄럽고 원통하
였다.

그러나 하루 아침 깨고나니
이것은 나 타나 가슴터지는 사실이었다.
기쁘다는 말
에이 용도 없는 말이다.
그저 울떠서 누 주먹을 부르쥐고
나는 병원에서 뛰쳐 나갔다.
그리고, 어째서 날마다 뛰쳐나간 것이냐.
큰 거리에는,
네 거리에는, 누가 있느냐.
씩씩한 사람 굳건한 청년, 씩씩한 웃음이 있는
줄 알았다.

병든 서울 Ⅱ

오 장 환

아, 저마다 손에 손에 깃발을 날리며
노래조차 잊었는 군중이 '만세'의 노래를 부르며
이것도 하루아침의 가벼운 흥분이라며 ……
병든 서울아, 나는 보았다.
어쩌나 눈물 없이 지낼 수 없는 너의 거리마다
오늘은 더욱 짐승보다 더러운 거리에
밤 깊게 불을 켜들고 날뛰는 장사치와
나머니는 사랑에게
오기있이 얻지를 씌워주는 무슨 본부, 무슨 본부,
무슨 당, 무슨 당의 자동차.

그렇다. 병든 서울아,
지난날에 네가, 이 잡놈 저 잡놈
모두 다 춤추던 놈들과 밤낮도록 어깨동무를 하다시피
아, 대항한 서울아
나도 밑천을 털고 보면 그런 놈 중의 하나이다.
나라 없는 원통함에
에이, 나라 없는 우리들 동무의 반항은 이러한
것이었다.
반항이여! 반항이여! 이 얼마나 눈물나게
신명나는 일이냐. [하략]

피리

윤 곤 강

봄이라 밤 하늘의
반짝이는 별이여 등불 다호라
임하 오셨소 가오신 임하
이 봄은 어찌하랴 오오 두고
너만 혼자 훌훌히 가오신고

아으 피 맺힌 내 마음
피리나 불어 이 밤 새오리
잠 어서 밤에 우는 두견새처럼
나는야 밤이 좋아 달밤이 좋아

이런 밤이사 깊어서 오는 이들 ─
맘을 품고 울던 <베를레느>
어둠을 안고 간 <에세닌 >
잔 구들 베고 간 눕 닮은 고흐, 상화 …
낮으란 세인낭 깊디어 잠고
밤으란 잊어 피리나 불고지라

어두운 밤의 장막 뒤에 달 벗 삼아
잎이 끼며 두던 보뱅 창고이 갈픽하며
피리나 불어 힘없요 이 밤 새오리

[하략]

서시
윤동주

죽는 날까지 하늘을 우러러
한점 부끄럼이 없기를,
잎새에 이는 바람에도
나는 괴로워했다.
별을 노래하는 마음으로
모든 죽어가는 것을 사랑해야지.
그리고 나한테 주어진 길을
걸어가야겠다.

오늘 밤에도 별이 바람에 스치운다.

별 헤는 밤 Ⅰ

윤 동 주

이네들은 너무나 멀리 있습니다.
별이 아스라이 멀듯이

어머님,
그리고 당신은 멀리 북간도에 계십니다.

나는 무엇인지 그리워
이 많은 별빛이 내린 언덕 위에
내 이름자를 써 보고,
흙으로 덮어 버리었습니다.

딴은, 밤을 새워 우는 벌레는
부끄러운 이름을 슬퍼하는 까닭입니다.

그러나 겨울이 지나고 나의 별에도 봄이
오면,
무덤 위에 파란 잔디가 피어나듯이
내 이름자 묻힌 언덕 위에도
자랑처럼 풀이 무성할 거외다.

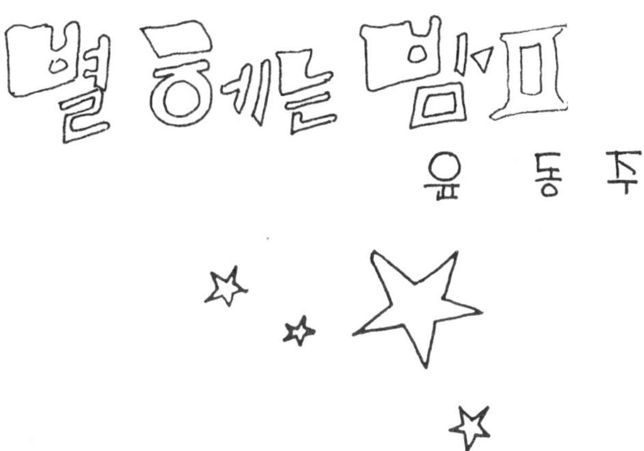

계절이 지나가는 하늘에는
가을로 가득 차 있습니다.

나는 아무 걱정도 없이
가을 속의 별들을 다 헤일 듯합니다.

가슴 속에 하나 둘 새겨지는 별을
이제 다 못 헤는 것은
쉬이 아침이 오는 까닭이요,
내일 밤이 남은 까닭이요,
아직 나의 청춘이 다하지 않은 까닭입니다.

별 하나에 추억과
별 하나에 사랑과
별 하나에 쓸쓸함과
별 하나에 동경과
별 하나에 시와
별 하나의 어머니, 어머니   〔중 략〕

자 화 상

윤 동 주

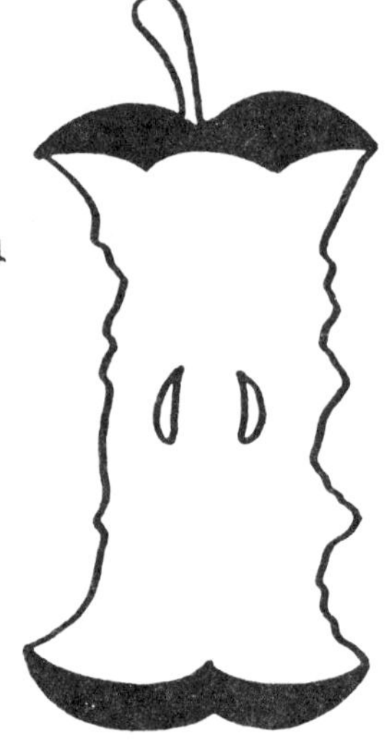

산모퉁이를 돌아 논가 외딴 우물을 홀로
찾아가선 가만히 들여다봅니다.

우물 속에는 달이 밝고 구름이 흐르고 하늘이
펼쳐지고 파아란 바람이 불고 가을이
있습니다.

그리고 한 사나이가 있습니다.
어쩐지 그 사나이가 미워져
돌아갑니다.

돌아가다 생각하니 그 사나이가
가엾어집니다.
도로 가 들여다보니 사나이는
그대로 있습니다.

다시 그 사나이가 미워져
돌아갑니다.
우물 속에는 달이 밝고 구름이
흐르고 하늘이 펼치고 파아란
바람이 불고 가을이 있고 추억
처럼 사나이가 있습니다.

십자가

윤 동 주

쫓아오던 햇빛인데
지금 교회당 꼭대기
십자가에 걸리었습니다.

첨탑이 저렇게도 높은데
어떻게 올라갈 수 있을까요.

종소리도 들려오지 않는데
휘파람이나 불며 서성거리다가,

괴로웠던 사나이
행복한 예수 그리스도에게
처럼
십자가가 허락된다면

모가지를 드리우고
꽃처럼 피어나는 피를
어두워 가는 하늘 밑에
조용히 흘리겠습니다.

파란 녹이 낀 구리 거울 속에
내 얼굴이 남아 있는 것은
어느 왕조의 유물이기에
이다지도 욕될까.

나는 나의 참회의 글을 한 줄에 줄이자.
— 만 이십사 년 일 개월을
무슨 기쁨을 바라 살아왔던가.

내일이나 모레나 그 어느 즐거운 날에
나는 또 한 줄의 참회록을 써야 한다.
— 그때 그 젊은 나이에
왜 그런 부끄런 고백을 했던가.

밤이면 밤마다 나의 거울을
손바닥으로 발바닥으로 닦아 보자.

그러면 어느 운석 밑으로 홀로 걸어가는
슬픈 사람의 뒷모양이
거울 속에 나타나 온다.

쉽게 씌어진 시

윤 동 주

창밖에 밤비가 속살거려
육첩방은 남의 나라,

시인이란 슬픈 천명인 줄 알면서도
한 줄 시를 적어 볼까,

땀내와 사랑내 포근히 품긴
보내 주신 학비 봉투를 받아

대학 노트를 끼고
늙은 교수의 강의를 들으러 간다.

생각해 보면 어린 때 동무들
하나, 둘, 죄다 잃어버리고

나는 무얼 바라
나는 다만, 홀로 침전하는 것일까?

인생은 살기 어렵다는데
시가 이렇게 쉽게 씌어지는 것은
부끄러운 일이다.   [하략]

비둘기

이 광 수

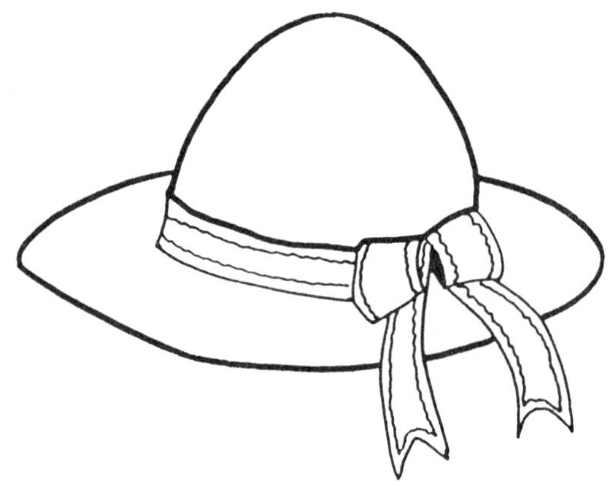

오오 봄 아침에 구슬프게 우는 비둘기
죽은 그 애가 퍽이나도 섧게 듣던 비둘기
그 애가 가는 날 아침에도 꼭 저렇게 울더니.

그 애, 그 착한 딸이 죽은지도 벌써 일년
'나두 죽어서 비둘기가 되고싶어
산으로 돌아다니며 울고싶어' 하더니.

꽃 한 포기

이 광 수

꽃 한 포기
나와 일생을 같이 하련다.

무거운 은혜
일생에서 받은 갖가지 은혜.
어찌나 갚을지
무엇해서 갚을지 망연해도

우리 가슴을
흔들고 가는 나그네 무리
쉬어나 가게
내 하는 이야기를 듣고나 가게.

꽃 한 포기여
우리는 이야기나 써 볼 거이나.

역사를 하노라고 땅을 파다가 커다란 돌을 하나
끄집어내어놓고 보니 도무지 어디서인가 본듯한 생각이
들게 모양이 생겼는데 목도들이 그것을 메고 나가더니
어디다 갖다버리고 온 모양이길래 쫓아가 보니 위험
하기 짝이 없는 큰길가더라.
그날밤에 한소나기 하였으니 필시 그 돌이 깨끗이 씻
겼을 터인데 그 이튿날 가보니까 변괴로다 간데온데
없더라. 어떤 놈이 와서 그 돌을 업어갔을까 나는 참
이런 처량한 생각에서 아래와 같은 작문을 지었도다.
'내가 그다지 사랑하던 그대여 내 한평생에 차
마 그대를 잊을 수 없소이다. 내 차례에 못올 사
랑인 줄은 알면서도 나 혼자는 꾸준히 생각하리다.
자 그러면 내내 어여쁘소서'

이 상

거울속에는소리가없소
저렇게까지조용한세상은참없을것이오

거울속에도내게귀가있소
내말을못알아듣는딱한귀가두개나있소

거울속의나는왼손잡이오
내악수를받을줄모르는—악수를모르는왼손잡이오

거울때문에나는거울속의나를만져보지를못하는
구료마는
거울이아니었던들내가어찌거울속의나를
만나보기만이라도했겠소

나는지금거울을안가졌소마는거울속에는늘
거울속의내가있소
잘은모르지만외로된사업에골몰할게요

거울속의나는참나와는반대로마는
또꽤닮았소
나는거울속의나를근심하고진찰할수없으니퍽
섭섭하오

시제1호

13인의 아해(兒孩)가 도로(道路)로 질주하오.
(길은 막다른 골목이 적당하오.)

제1의 아해가 무섭다고 그리오
제2의 아해가 무섭다고 그리오
제3의 아해가 무섭다고 그리오
제4의 아해가 무섭다고 그리오
제5의 아해가 무섭다고 그리오
제6의 아해가 무섭다고 그리오
제7의 아해가 무섭다고 그리오
제8의 아해가 무섭다고 그리오
제9의 아해가 무섭다고 그리오
제10의 아해가 무섭다고 그리오
제11의 아해가 무섭다고 그리오
제12의 아해가 무섭다고 그리오
제13의 아해가 무섭다고 그리오
13인의 아해는 무서운아해와 무서워하는아해와 그렇게뿐이모였소.(다른사정은없는것이차라리나았소.)

[하략]

꽃나무

이 상

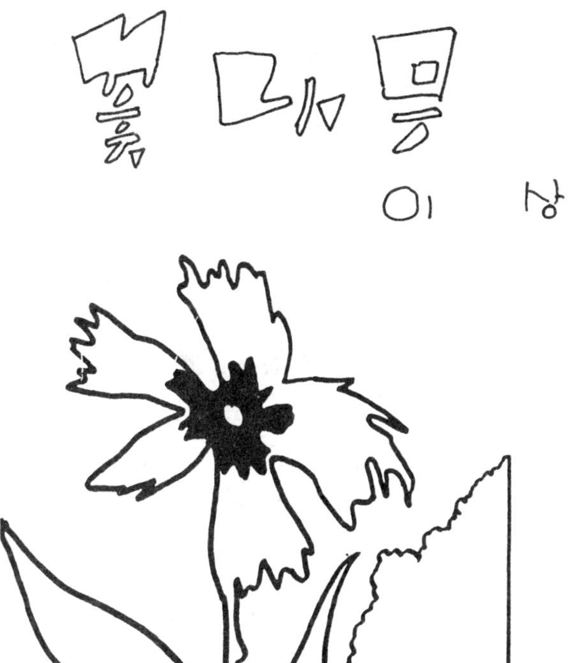

벌판 한복판에 꽃나무 하나가 있소. 근처에는 꽃나무가 하나도 없소. 꽃나무는 제가 생각하는 꽃나무를 열심으로 생각하는 것처럼 열심으로 꽃을 피워 가지고 섰소. 꽃나무는 제가 생각하는 꽃나무에게 갈 수 없소. 나는 막 달아났소. 한 꽃나무를 위하여 그러는 것처럼 나는 참 그런 이상스러운 흉내를 내었소.

하늘을 우러러
울기는 하여도
하늘이 그리워 울음이 아니라
두 발을 못 뻗는 이 땅이 애달파
하늘을 흘기니
울음이 터진다.
울음이 터진다.
해야 웃지마라
달도 뜨지마라.

빼앗긴 들에도 봄은 오는가

이 상화

지금은 남의 땅 —빼앗긴 들에도 봄은 오는가?

나는 온 몸에 햇살을 받고
푸른 하늘 푸른 들이 맞붙은 곳으로
가르마 같은 논길을 따라 꿈 속을 가듯 걸어만 간다.

입술을 다문 하늘아, 들아.
내 맘에는 내 혼자 온 것 같지를 않구나.
네가 끌었느냐 누가 부르더냐 답답워라 말을 해다오

바람은 내 귀에 속삭이며
한 자욱도 섰지 마라 옷자락을 흔들고
종다리는 울타리 너머 아씨같이 구름 뒤에서
반갑다 웃네.

고맙게 잘 자란 보리밭아,
간밤 자정이 넘어 내리던 고운 비로
너는 삽단 같은 머리를 감았구나, 내 머리조차
가뿐하다.

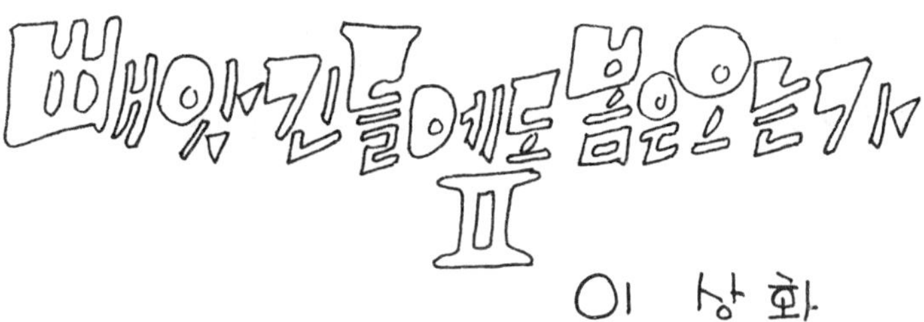

이 상 화

혼자라도 가쁘게나 가자.
마른 논을 안고 도는 착한 도랑이
젖먹이 달래는 노래를 하고 제 혼자 어깨춤만
흥겨워 가네.

나비 제비야 깝치지 마라.
맨드라미 들마꽃에도 인사를 해야지
아주까리 기름을 바른 이가 지심 매던 그 들이라 다
보고 싶다.

내 손에 호미를 쥐어다오.
살진 젖가슴과 같은 부드러운 이 흙을
발목이 시도록 밟아도 보고 좋은 땀조차 흘리고 싶다.

강가에 나온 아이와 같이
짬도 모르고 끝도 없이 닫는 내 혼아
무엇을 찾느냐 어디로 가느냐 우스웁다 답을
하려무나.

나는 온몸에 풋내를 띠고
푸른 웃음 푸른 설움이 어우러진 사이로
다리를 절며 하루를 걷는다. 아마도 봄 신령이
지폈나 보다.

그러나 지금은 — 들을 빼앗겨 봄조차 빼앗기겠네.

아, 가도다, 가도다, 쫓겨 가도다
잊음 속에 있는 간도와 요동벌로
주린 목숨 움켜쥐고, 쫓겨 가도다
진흙을 밥으로, 해채를 마셔도
마구나, 가엾드면, 단잠을 얽맬 것을
사람을 만든 검아, 하루 일찍
차라리 주린 목숨 빼앗어 가거라!

아, 사노라, 사노라, 취해 사노라
자폭(自暴) 속에 있는 서울과 시골로
멍든 목숨 행여 살까, 취해 사노라
어둠 밤 말없는 하늘 안고서
피울음을 울으면, 서러움은 풀릴 것을 —
사람을 만든 검아, 하루 일찍
차라리 취한 목숨, 죽여 버려라!

나의 침실로

이 상 화

"가장 아름답고 오-랜 것은 오직 꿈속에만 있어라"
—내 말—

'마돈나' 지금은 밤도, 모든 목거지에, 다니노라 피곤하여
돌아가련도다.
아, 너도, 먼동이 트기 전으로, 수밀도의 네 가슴에, 이슬이
맺도록 달려오너라.

'마돈나' 오려무나, 네 집에서 눈으로 유전하던 진주는, 다
두고 몸만 오너라.
빨리 가자, 우리는 밝음이 오면, 어딘지도 모르게 닲는
나비이어라.

'마돈나' 구석지고도 어두운 마음의 거리에서, 나는 두려워
떨며 기다리노라.
아, 어느덧 첫닭이 울고 — 뭇개가 짖도다. 나의 아씨여,
너도 듣느냐.

'마돈나' 지난밤이 새도록, 내 손수 닦아 둔 침실로 가자,
침실로!
낡은 달은 빠지려는데, 내 귀가 듣는 발자욱 — 오, 너의
것이냐?

[동·향략]

광야

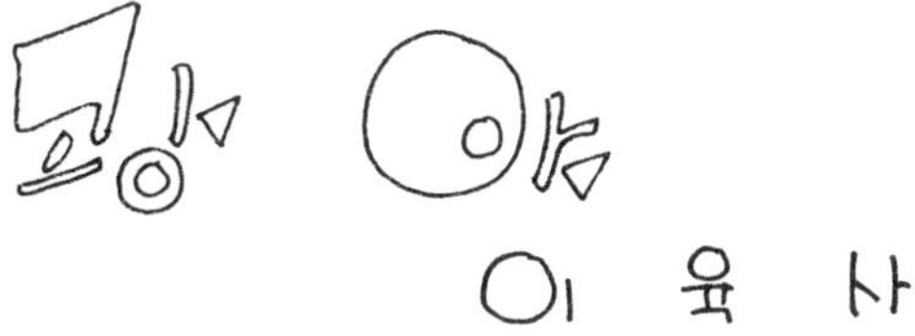

이 육 사

까마득한 날에
하늘이 처음 열리고
어데 닭 우는 소리 들렸으랴

모든 산맥들이
바다를 연모해 휘달릴 때도
차마 이곳을 범하던 못하였으리라.

끊임없는 광음을
부지런한 계절이 피어선 지고
큰 강물이 비로소 길을 열었다.

지금 눈 내리고
매화 향기 홀로 아득하니,
내 여기 가난한 노래의 씨를 뿌려라.

다시 천고의 뒤에
백마 타고 오는 초인이 있어
이 광야에서 목 놓아 부르게 하리라.

연보

이 육사

너는 돌다릿목에서 주워 왔다던
할머니의 핀잔이 참말이라고 하자.

나는 다정 강언덕 그 마을에
버려진 무밭이 있는지 몰라.

그러기에 열여덟 새봄은
버들피리 곡조에 불어 보내고

첫사랑이 흘러간 항구의 밤
눈물 섞어 마신 술, 피보다 달더라.

공명이 마다곤들 언제 말이나 했나
바람에 붙여 돌아온 고장도 비고

서리 밟고 걸어간 새벽 길 위에
간(艸) 잎만이 새하얗게 단풍이 들어

거미 줄만 발목에 걸린다 해도
쇠사슬을 잡아맨 듯 무거워졌다.

눈 위에 걸어가면 자욱이 지리라.
그대로 자욱을 밟고 바람도 불지.

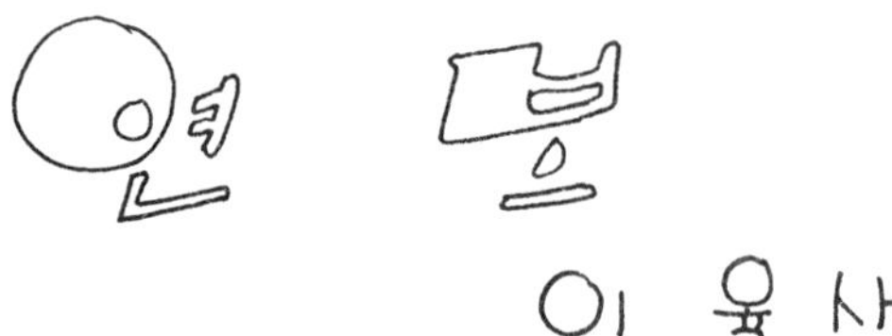

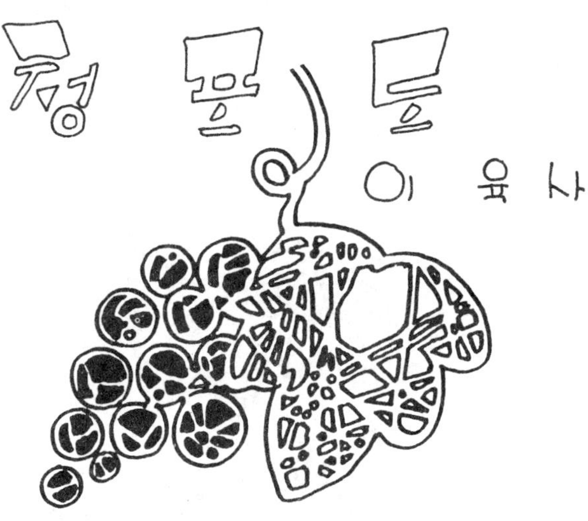

내 고장 칠월은
청포도가 익어가는 시절

이 마을 전설이 주저리주저리 열리고
먼 데 하늘이 꿈꾸며 알알이 들어와 박혀

하늘 밑 푸른 바다가 가슴을 열고
흰 돛 단 배가 곱게 밀려서 오면
내가 바라는 손님은 고달픈 몸으로
청포를 입고 찾아온다고 했으니

내 그를 맞아 이 포도를 따 먹으면
두 손을 함뿍 적셔도 좋으련

아이야 우리 식탁엔 은쟁반에
하이얀 모시 수건을 마련해 두렴

꽃

이육사

동방은 하늘도 다 끝나고
비 한 방울 내리잖는 그 때에도
오히려 꽃은 빨갛게 피지 않는가
내 목숨을 꾸며 쉬임 없는 날이여

북쪽 툰드라에도 찬 새벽은
눈 속 깊이 꽃 맹아리가 옴작거려
제비 떼 까맣게 날아오길 기다리나니
마침내 저버리지 못할 약속이여

한 바다 복판 용솟음치는 곳
바람결 따라 타오르는 꽃성에는
나비처럼 취하는 회상의 무리들아
오늘 내 여기서 너를 불러 보노라.

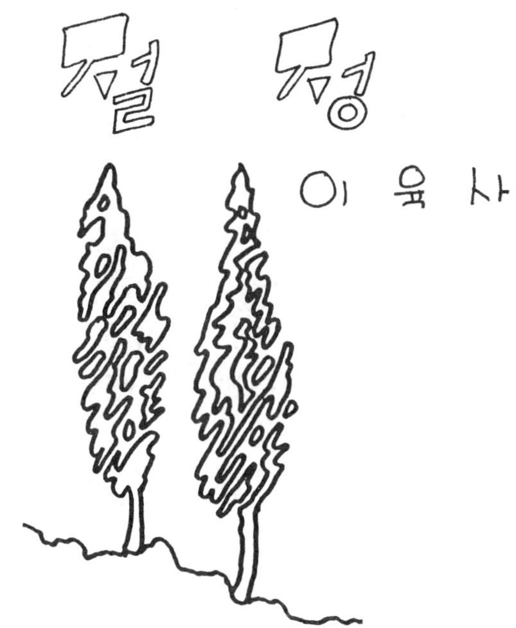

매운 계절의 채찍에 갈겨
마침내 북방으로 휩쓸려 오다.

하늘도 그만 지쳐 끝난 고원
서릿발 칼날진 그 위에 서다.

어데다 무릎을 꿇어야 하나
한발 재겨 디딜 곳조차 없다.

이러매 눈 감아 생각해 볼밖에
겨울은 강철로 된 무지갠가 보다.

교목

이 육 사

푸른 하늘에 닿을 듯이
세월에 불타고 우뚝 남아서서
차라리 봄도 꽃피진 말아라

낡은 거미집 휘두르고
끝없는 꿈 길에 호젓이 흔들리는
마음은 아예 뉘우침이 아니라

검은 그림자 쓸쓸하며
마침내 호수 속 깊이 거꾸러져
차마 바람도 흔들진 못해라

봄은 고양이로다

이 장 희

꽃가루와 같이 부드러운 고양이의 털에
고운 봄의 향기가 어리우도다.

금방울과 같이 호동그란 고양이의 눈에
미친 봄의 불길이 흐르도다.

고요히 다물은 고양이의 입술에
포근한 봄 졸음이 떠돌아라.

날카롭게 쭉 뻗은 고양이의 수염에
푸른 봄의 생기가 뛰놀아라.

우리 옵바와 화로

임 화

사랑하는 우리옵바 어적게 그만 그렇게 위하시던옵
바의 거북무늬 화로가 깨어졌어요.
언제나 옵바가 우리들의 '피오닐' 족으만 기수라 부르는 영남
이가
지구에 해가비친 하로의 모-든시간을 담배의 독기속에
다
어린몸을 잠그고간 그 거북무늬 화로가 깨어졌어요

그리하야 지금은 화젓가락만이 불쌍한 영남이하구저
하구처럼
곡 우리 사랑하는 옵바를잃은 남매와 갓치 외롭게 벽에
가 나란히 걸렷어요
옵바……
저는요 저는요 잘 알엇어요
웨-그날 옵바가우리두 동생을 떠나 그리로 드러가시든 그날밤
에
연거퍼 말는 궐련을 세 개씩이나 피우시고 게셧는지
저는잘 알엇세요옵바   [중·하략]

네거리의 순이

임   화

네가 지금 간다면, 어디를 간단 말이냐?
그러면 내 사랑하는 동무,
너, 내 사랑하는 오직 하나뿐인 누이동생 순이,
너의 사랑하는 그 귀중한 사내,
근로하는 모든 여자의 연인……
그 청년인 용감한 사내가
× 어디서 온단 말이냐?

눈바람 찬 불쌍한 도시 종로 복판에
× 순이야!
너와 나는 지나간 꽃피는 봄에
× 사랑하는 한 어머니를
× 눈물 나는 가난 속에서 여의었지!
그리하여 이 믿지 못할 얼굴 하얀 오빠를 염려하고,
오빠는 가냘픈 너를 근심하는,
그 슬프고 가난한 그 날 속에서도,
순이야, 너는 마음을 맡길 믿음성 있는 이 가슴 정년을 가졌었고,
내 사랑하는 동무는……
청년의 연인 근로하는 여자,
× 너를 가졌었다.

[중·하략]

자 모 사

정 인 보

바릿밥 남 주시고 잡숫느니 찬 것이며
두둑이 다 입히고 겨울이라 찬 옷을
솜치마 좋다시더니 보공되고 말아라.

이 강이 어느 강가, 압록이라 여짜오니
고국 산천이 새로이 설워라고
치마끈 드시어 하자 눈물 넘쳐 굴러라.

설워라 설워라 해도 아들도 딴 몸이라
무덤 풀 욱은 오늘 이 '자' 부터 있단 말가
빈 말로 설운 양함을 누나 믿지 마옵소.

알 수 없어요

한용운

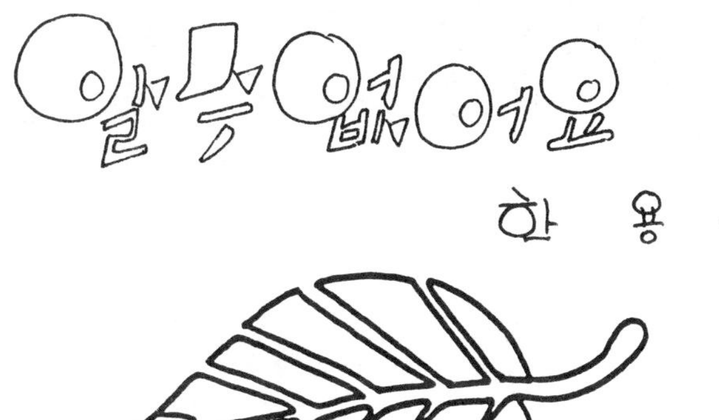

바람도 없는 공중에 수직의 파문을 내이며 고요히
떨어지는 오동잎은 누구의 발자취입니까.

지리한 장마 끝에 서풍에 몰려가는 무서운 검은 구름
의 터진 틈으로 언뜻언뜻 보이는 푸른 하늘은 누구의 얼굴
입니까.

꽃도 없는 깊은 나무에 푸른 이끼를 거쳐서 옛 탑 위의
고요한 하늘을 스치는 알 수 없는 향기는 누구의 입김입
니까.

근원은 알지도 못할 곳에서 나서 돌부리를 울리고 가늘
게 흐르는 작은 시내는 구비구비 누구의 노래입니까.

연꽃 같은 발꿈치로 가이 없는 바다를 밟고 옥 같은
손으로 끝없는 하늘을 만지면서 떨어지는 해를 곱게
단장하는 저녁놀은 누구의 시입니까.

타고 남은 재가 다시 기름이 됩니다. 그칠 줄을 모르
고 타는 나의 가슴은 누구의 밤을 지키는 약한 등
불입니까.

이별은 미의 창조

한 용 운

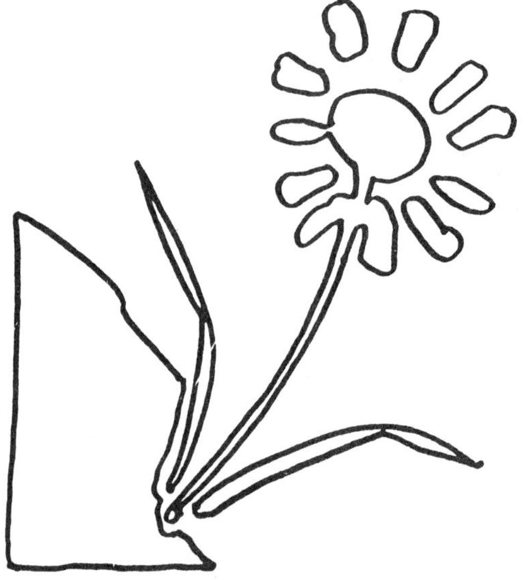

이별은 미의 창조입니다

이별의 미는 아침의 바탕 없는 황금과 밤의 올 없는 검은 비단과 죽음 없는 영원의 생명과 시들지 않는 하늘의 푸른 꽃에도 없습니다.

님이여, 이별이 아니면 나는 눈물에서 죽었다가 웃음에서 다시 살아날 수가 없습니다. 오오 이별이여.

미는 이별의 창조입니다.

나룻배와 행인

한 용 운

나는 나룻배
당신은 행인

당신은 흙발로 나를 짓밟습니다.
나는 당신을 안고 물을 건너갑니다.
나는 당신을 안으면 깊으나 얕으나
급한 여울이나 건너갑니다.

만일 당신이 아니 오시면 나는 바람을
쐬고 눈비를 맞으며 밤에서 낮까지
당신을 기다리고 있습니다.
당신은 물만 건너면 나를 돌아보지도
않고 가십니다 그려.
그러나 당신이 언제든지 오실 줄만은
알아요.
나는 당신을 기다리면서 날마다
낡아 갑니다.
나는 나룻배
당신은 행인.

찬 송

한 용 운

님이여, 당신은 백 번이나
단련한 금결입니다.
뽕나무 뿌리가 산호가 되도록
천국의 사랑을 받으옵소서.
님이여, 사랑이여, 아침
볕의 첫걸음이여.

님이여, 당신은 의가 무거웁고
황금이 가벼운 것을 잘 아십니다.
거지의 거친 밭에 복의 씨를
뿌리옵소서.
님이여, 사랑이여, 옛 오동의
숨은 소리여.

님이여, 당신은 봄과 광명과
평화를 좋아하십니다.
약자의 가슴에 눈물 뿌리는
자비의 보살이 되옵소서.
님이여, 사랑이여, 얼음
바다의 봄바람이여.

복종

한용운

남들은 자유를 사랑한다지마는 나는
복종을 좋아하여요.
자유를 모르는 것은 아니지만, 당신에게는
복종만 하고 싶어요.
복종하고 싶은데 복종하는 것은
아름다운 자유보다도 달콤합니다.
그것이 나의 행복입니다.

그러나, 당신이 나더러 다른 사람을
복종하라면
그것만은 복종할 수 없습니다.
다른 사람을 복종하려면 당신에게
복종할 수 없는 까닭입니다.

님은 갔습니다. 아아 사랑하는 나의 님은 갔습니다.
푸른 산빛을 깨치고 단풍나무 숲을 향하여 난 작은 길을 걸어서
차마 떨치고 갔습니다.
황금의 꽃같이 굳고 빛나던 옛 맹세는 차디찬 티끌이
되어서 한숨의 미풍에 날아 갔습니다.
날카로운 첫 키스의 추억은 나의 운명의 지침을 돌려 놓고
뒷걸음쳐서 사라졌습니다.
나는 향기로운 님의 말소리에 귀먹고 꽃다운 님의 얼굴에
눈멀었습니다.
사랑도 사람의 일이라 만날 때에 미리 떠날 것을 염려
하고 경계하지 아니한 것은 아니지만 이별은 뜻밖의 일이 되고
놀란 가슴은 새로운 슬픔에 터집니다.
그러나 이별을 쓸데없는 눈물의 원천을 만들고 마는 것은
스스로 사랑을 깨치는 것인 줄 아는 까닭에 걷잡을 수 없는
슬픔의 힘을 옮겨서 새 희망의 정수박이에 들어부었습니다.
우리는 만날 때에 떠날 것을 염려하는 것과 같이 떠날
때에 다시 만날 것을 믿습니다.
아아 님은 갔지마는 나는 님을 보내지 아니하였습니다.
제 곡조를 못 이기는 사랑의 노래는 님의 침묵을 휩싸고 돕니다.

당신이 가신 뒤로 나는 당신을 잊을 수가 없습니다.
까닭은 당신을 위하느니보다 나를 위함이 많습니다.

나는 갈고 심을 땅이 없음으로 추수가 없습니다.
저녁거리가 없어서 조나 감자를 꾸러 이웃집에 갔
더니 주인은 "거지는 인격이 없다. 인격이 없는 사람
은 생명이 없다. 너를 도와주는 것은 죄악이다."고
말하였습니다.
그 말을 듣고 돌아 나올 때에 쏟아지는 눈물 속에
서 당신을 보았습니다.

나는 집도 없고 다른 까닭을 겸하여 민적이 없습니다.
"민적 없는 자는 인권이 없다. 인권이 없는 너에게 무슨
정조냐?"하고 능욕하려는 장군이 있었습니다.
그를 항거한 뒤에 남에게 대한 격분이 스스로의 슬픔으
로 화하는 찰나에 당신을 보았습니다.

아아, 온갖 윤리, 도덕, 법률은 칼과 황금을 제사지
내는 연기인 줄을 알았습니다.
영원의 사랑을 받을까, 인간역사의 첫 페이지에
잉크칠을 할까, 술을 마실까 망설일 때에 당신을 보
았습니다.

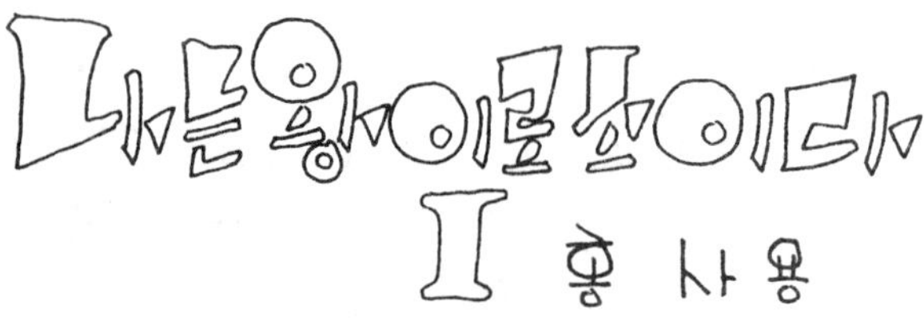

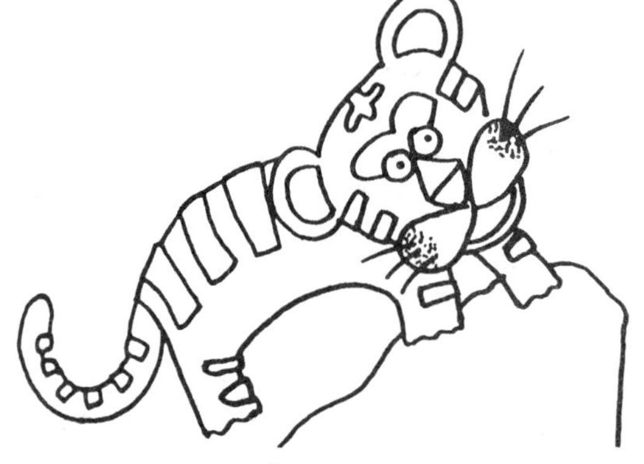

나는 왕이로소이다. 나는 왕이로소이다. 어머님은 가장 어여쁜 아들 나는 왕이로소이다. 가장 가난한 농군의 아들로서……

그러나 그 왕궁에서도 쫓기어난 눈물의 왕이로소이다.
"맨 처음으로 내가 너에게 준 것이 무엇이냐" 이렇게 어머니께서 물으시며는
"맨 처음으로 어머니께 받은 것은 사랑이었지요마는 그것은 눈물이더이다" 하겠나이다. 다른 것도 많지요마는……

"맨 처음으로 네가 나에게 한 말이 무엇이냐" 이렇게 어머니께서 물으시며는
"맨 처음으로 어머니께 드린 말씀은 '젖 주어요' 하는 그 소리였지마는, 그것은 '으아!' 하는 울음이었나이다" 하겠나이다. 다른 말씀도 많지요마는……

나는 왕이로소이다 Ⅱ

홍 사 용

이것은 노상 왕에게 들리어주신 어머니의 말씀인데요. 왕이 처음으로 이 세상에 올 때에는 어머니의 흘리신 피를 몸에다 뒤감고 왔더랍니다. 그날에 동네의 늙은이와 젊은이들은 모두 "무엇이냐"고 물을 때에 없는 말을 잊어 어떻게 바쁘게 오고 갈 때에도 어머니께서는 기쁨보다는 아무 대답 없이 이 어여쁜 물만 흘리셨답니다. 벙거지 쓴 이 어린 왕 나도 어머니의 눈물을 따라서 방긋 웃을 때에 "으아!" 우리 왕 웃더랍니다. (이하 생략)

해바라기의 碑銘
— 靑年畵家 L을 위하여

함 형 수

나의 무덤 앞에는 그 차가운 빗돌을 세우지 말라.
나의 무덤 주위에는 그 노오란 해바라기를 심어 달라.
그리고 해바라기의 긴 줄거리 사이로 끝없는 보리밭을
　보여 달라.
노오란 해바라기는 늘 태양같이 태양같이 하던 화려
　한 나의 사랑이라고 생각하라.
푸른 보리밭 사이로 하늘을 쏘는 노고지리가 있거든 아직
　도 날아 오르는 나의 꿈이라고 생각하라.

하이데스션

너는 한송이 꽃과 같느니
그렇게도 귀엽고 예쁘고 깨끗하여라,
너를 보고 있노라면, 서러움이
가슴 가득히 저며드누나.

하느님께서 언제나 이대로
밝고 곱고 귀엽게 너를 지켜주시길
네 머리위에 두 손을 얹고
오직 맑고 깊은 마음뿐

어찌하여 장미는 핏기도 없이
사랑하는 그대여, 말해주어요.
어찌하여 푸르른 풀숲에서
하늘빛 제비꽃은 입을 다무는지를.

어찌하여 수심진 목소리로
종달새는 창공에서 지저귀는가?
어찌하여 비르람 잡초 사이요
풍겨나는 내음이 풍기는 것일까.

어찌하여 그렇게도 찬란하고 지겹게
태양은 초원에 비치는 것일까.
어찌하여 대지는 그렇게 잿빛이고
황폐하여 묘지처럼 저기 있을까.

사랑하는 그대여, 말하여다오,
어찌하여 나는 그렇듯 병들고 지쳤는가를.
사랑하는 그대여 말하여다오.
어찌하여 그대가 나를 버렸는가를.

웬일로 나의 눈동자가 흐리는가

H · 하이네

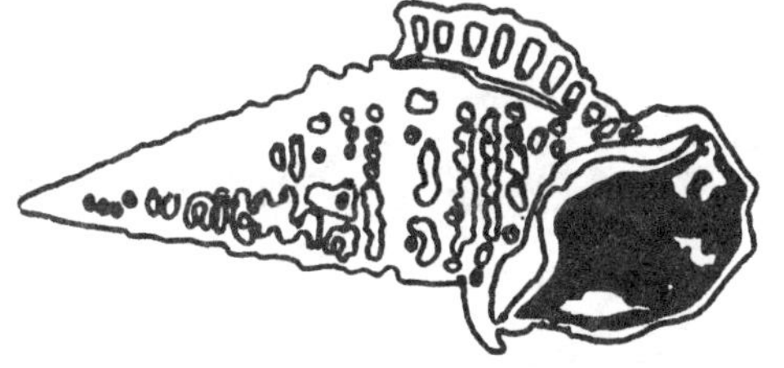

웬 일인가, 내 쓸쓸한 눈은
눈물이 고이어 볼 수가 없네.
옛부터 내 눈에 고였던 것이
사라지지 않고 고이어 눈물이 타네.

그 번 난 눈물의 가짓수는 많기도 했지.
그 눈물, 모두 흘러내려 바닥이 났는데
우수와 환희와 함께
밤과 바람에 함께 사라져 갔는데.

기쁨과 탄식을
이 가슴에 미소 띠며
돌려주던 푸른 작은 별도
아까처럼 사라져 버렸는데.

아아! 내 가슴에 품고 있던 사랑마저
하염없는 한숨처럼 사라져늘
옛 고독의 눈물이여
이제 너도 또한 다 흘러 없어져 버려라.

H · 하이네

그대의 눈동자를 쳐다 볼때면
괴로움도 근심도 모두 사라지네
그대와 더불어 입맞출 때면
내 마음 다시 생기를 얻네.

그대 품에 안기면
천국이 내것
당신이 그리워 호소할 때면
안타까운 눈물만 솟아나네.

연 꽃

H · 하이네

연꽃은 찬란한
태양이 두려워,
머리 숙이고 꿈꾸며
밤이 오기를 기다린다.

달님은 그녀의 연인,
달빛이 비춰 그녀를 깨우면,
연꽃은 수줍게 얼굴을 들고
냥냥하게 님을 위해 베일벗는다.

연꽃은 피어나 타는 듯이 빛나며
말없이 높은 하늘 바라보고
향내음 풍기면서 사랑의 눈물 흘리고
사랑의 슬픔 때문에 피어은 떤다.

봄의 축제

H · 하이네

이것은 봄의 슬픈 욕망!
꽃피는 소녀들 이향의 무리,
그들은 거리로 달려간다, 머리칼 바람에 흩날리고,
비탄의 소리로 부짖으며 가슴을 풀어 헤치고 —
아도니스! 아도니스!

날이 저문다. 횃불을 비추며
그들은 표묘을 이리저리 찾아 헤맨다,
묽은 공포에 휩쓸려
울음과 웃음과 흐느낌과 기함이 메아리친다.
아도니스! 아도니스!

그 비길 바 없이 아름다운 소년의 모습,
죽은 채로 창백하게 땅바닥에 놓여있고,
피는 꽃들을 모두 빨갛게 물들이고,
비탄의 소리 허공을 가득 채운다. —
아도니스! 아도니스!

H. 하이네

노래의 날개를 타고
나의 사랑이여, 너와 함께 가련다.
겐지스 강의 들판 저 편으로,
거기에 나는 가장 아름다운 곳을 알고 있다.

고요히 흐르는 달빛 아래
빨간 꽃이 가득 핀 화원이 있고,
연꽃들은 그 곳에서
사랑스런 자매를 기다린다.

제비꽃들은 소리죽여 웃으며 애무하고
하늘의 별들을 우러러 보며,
장미꽃들은 몰래 귓속말로
향기로운 동화를 들려 보낸다.

얌숙하고 영리한 양들은
강충강충 뛰어와 숨어서 기다리고,
멀리서 성스러운 강의 물결이
파도치는 소리 들려온다.

H · 하이네

나의 마음 우울해지면, 애타게
지난날을 생각한다.
그때 세상은 그래도 더 나아왔고,
사람들은 안가롭게 살아 갔었지.

그러나 이제 모든 것은 뒤바뀌어,
아, 이젠 웬일! 저 곳에는 궁핍
천상에서는 하느님이 돌아가셨고,
지상에서는 악마가 죽어버렸다.

그래서 모든 것은 참을 수 없이 음울하고,
헝클어지고 상해 물들어지고 차갑게만 보인다.
이제 한 조각 사랑마저 없었다면,
어느 곳인들 발붙일 곳이 있으랴.

로렐라이

H · 하이네

옛날 옛적의 그 이야기가
어쩌나 마음에서 떠나지 않고
이렇게 마음이 슬프기만 한 것은
도대체 어찌된 일일까요.

강기슭의 산봉우리는
지는 해의 빛을 받아 곱게 빛나는데
그 빛은 스냥해지고 점점 어둑해지고
라인강은 고요히 흐르고 있다.

산 위에는
놀랍게도 아름다운 처녀가 앉아
금빛 옷을 반짝이며
금빛 머리를 빗고 있다.

[중략]

아 - 이윽고 배도 뱃사공도
파도에 삼겨져 버리었다.
이것들은 모두 그 노래로 말미암아
저 로렐라이가 한 짓이다.

H·하이네

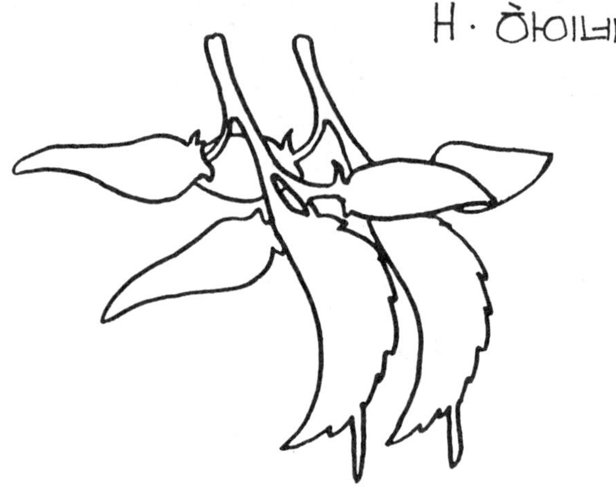

뺨과 뺨을 부벼대면서
울어나 봅세.
가슴을 꼭 포옹하고서
울어나 봅세.

눈물이 그 불길에
떨어져 덮어쌀 때
그대 꼭꼭 두 껴안은 채
죽어나 버리네.

H·하이네

귀여운 그대 그 고운 뺨에
여름날의 불빛이 타오르고 있소
그대의 조고마한 심장에
커다란 겨울이 드리어 눕는다.

언젠가는 그대도 변하리오
나의 더없는 여인이여
밤에는 겨울이 스미우고
마음엔 여름이 가리오.

별 하나

H. 하이네

별 하나
반짝이는 밤하늘에서 떨어져 내려앉는다.
그 떨어지는 별을 보아
그리 분명히 사랑의 별.

꽃이여 잎이여 하늘하늘
능금나무에서 떨어져 내려앉는다
얄궂은 바람에 끌리어
장난치며 희롱거늘.

H · 하이네

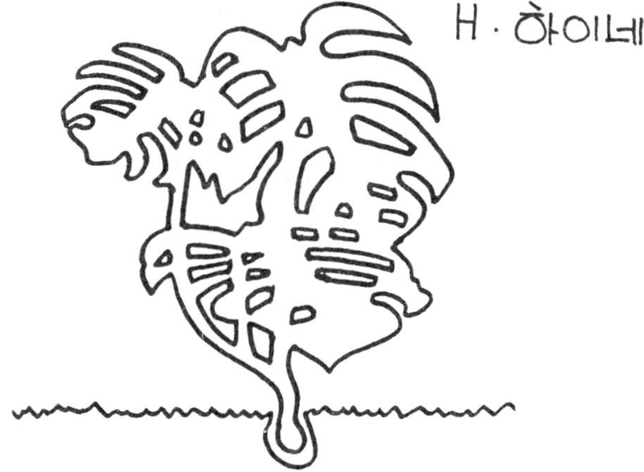

안타깝게도 애타는 이 심정
누구보다도 예쁜 그녀가
이토록 만날 것은 있으련만!
아아, 가슴은 울리듯 고동을 친다.

너무나도 느릿한 시간처럼
강을 짐짓 굶듯 유유하게
하품하며 세월은 흐 걸음마.
빨리 좀 가다오. 이 세월 뱅이여!

아아, 이젠 꼼짝달싹 있을 수 없다.
시간의 신들은 냉포하거니
넌지시 낭풀래 무언가 꾀어
죄없이만 하는 나를 비웃고 있네.

H. 하이네

바람은 흐느끼고 비는 울어댔힌다
어둡고 음산한 이 가을밤을.
가엾기 그지없는 연약한 그 아이,
어느곳에 넌 외롭게 서 있는것이냐.

그 아이는 고고맗게 음씨넣한 방의
창가에 기대어 서 있다.
눈물을 흠뻑 가득히 담고
이밤의 어둠을 쉼없이 바라만
보고있다.

너는 꽃이었다

H. 하이네

너는 꽃이었다, 사랑하는 소녀야.
키스만해도 나는 너를 알수 있었다.
어느꽃의 입술이 그리도 보드랍고,
어느꽃의 눈물이 그리도 뜨거우랴!

나의 눈이 감겨있어도, 나의 영혼은
언제나 너의 영상을 응시하며 보았다,
너는 나와 마주보았지, 행복하고 황홀하게,
그리고 달빛을 받아 요정처럼 빛나며!

우리는 아무말도 하지 않았다. 그러나
나의 가슴은
네가 아무런 말없이 마음속으로 생각
하는 것을 들었지 —
우리가 한말은 아무 부끄러움도 아니고,
침묵은 사랑의 순결한 꽃이려니.

그리없는 대화! 남들은 거의 믿지 않겠지,
말없이 사랑말이 오가는 이야기를 나누는데,
즐거움과 전율로 섞어던, 여름밤의
아름다운 탑묵에 어찌하여 시간이 그리도
빨리 흘러가 버리는지를.

[중. 하략]

산 위에 올라서

H. 하이네

산 위에 올라보니
웬지 자꾸 슬퍼만지누나.
만일 내가 산새라면
어느만치 하늘이라도 내힐 것인데.

만일 내가 제비라면
그대 있는 곳에 날아가련만.
그래서 그대의 집창가에
조그마한 둥지라도 만들어놓련만.

만일 내가 원앙새라면
그대 있는 곳에 날아가련만.
그래서 마냥 푸르른 저 보리수에서
밤이면 밤마다 들리어 줌이 노래를
부르련만.

만일 내가 비둘기라면
이내 그대 가슴속으로 날아가련만.
비둘기를 좋아하는 그대이려니
우매란 건너다위는 쉬 있을수 있으련만.

별들은 밤 하늘에서

H · 하이네

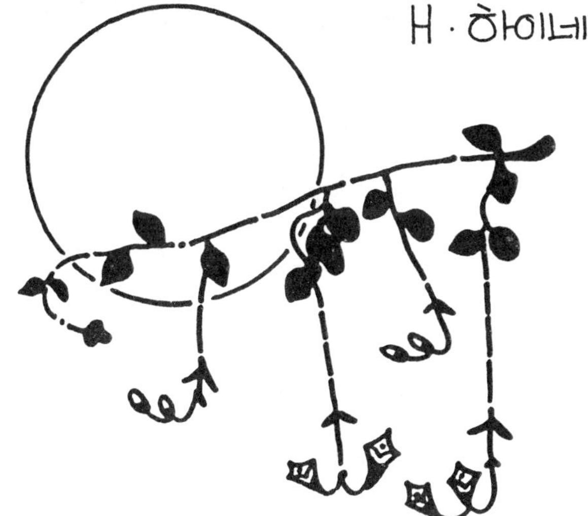

별들은 아득한 저 밤하늘에서
몇 억년을 두고 꼼짝하나 없이
그리워만하는 저쪽 별에게
그리움을 끝없이 보내고있다.

별들이 말하는 얘기는
너무나도 아름답고 풍부하여
이세상 어떤 학자도
그 뜻 의미를 알아내지 못한다.

그러나 나만은 그것을 배워
언제나 잊지 않고 오고있다.
사랑하는 사람이여 그대 얼굴에
그 오묘함을 풀수있는 방법이있다.

라인강가에는

H·하이네

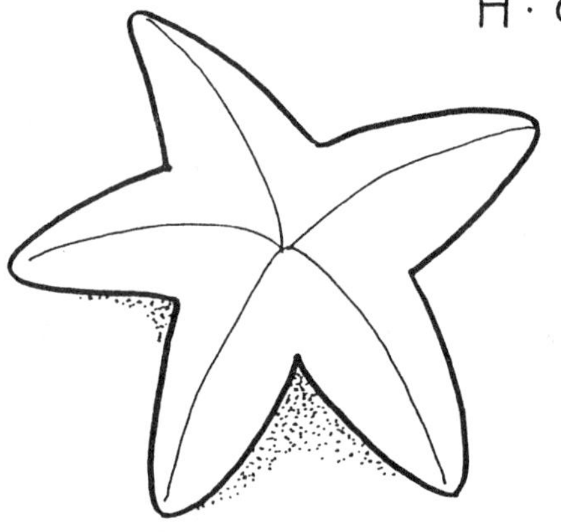

맑은 라인강 가에는
고요한 물결에 그림자 던지는
신륵한 교음의 그 거리가
커다란 유명한 그 사원이….

사원 안에는
금빛 가죽에 그려진 화상이 걸렸다.
나의 쓸쓸한 생애에
아름다운 빛을 던지던 그 화상이.

그 성모 마리아의 주위에는
천사가 날고 꽃향기가 풍긴다.
그 눈, 그 입술, 그 뺨은
내 사랑하는 그 사람같아.

뷔너스 처럼

H. 하이네

물 거품에서 태어난 뷔너스처럼
내 애인은 아름답게 빛나고있다
그러나 그 사람은 가버린다
따스한 내의 색씨가되어.

마음아 마음아 힘을성많은 마음아
한들거리고 가는 그를 원망치 마라
참으라 참으라 용서해두어라
어리석은 계집이 저지른 일을.

돼지는 오랫동안

H·하이네

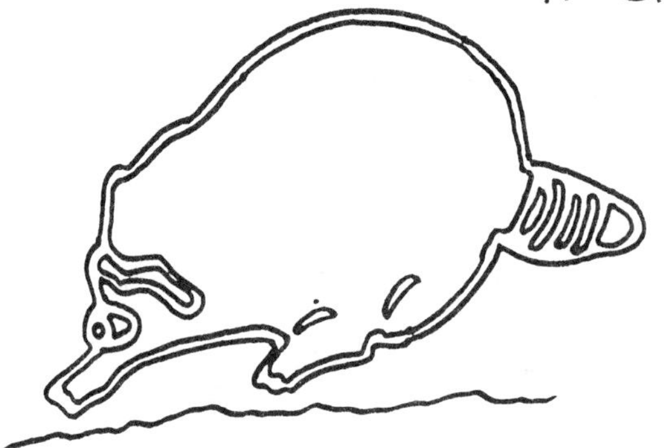

돼지는 오랫동안 안개만 끼고 있더니
오월이 오자 제법 화려해져
웃으며 떠들며 모두들 좋아들 한다.
하지만 나만은 웃을 수조차 없다.

꽃은 피어나고 종은 울리고
새도 새달대는 것이 옛얘기같다
다정스런 말소리가 이따 들리고
모든 것들이 생각할수록 어리석기만하다.

어리석게 사람들도 권태롭다
땅에 쏟아지내팀 진까지도
까닭은 제법 가까워진 그녀가
부인이라 불러워진 대묘일까.

아아 대가

H. 하이네

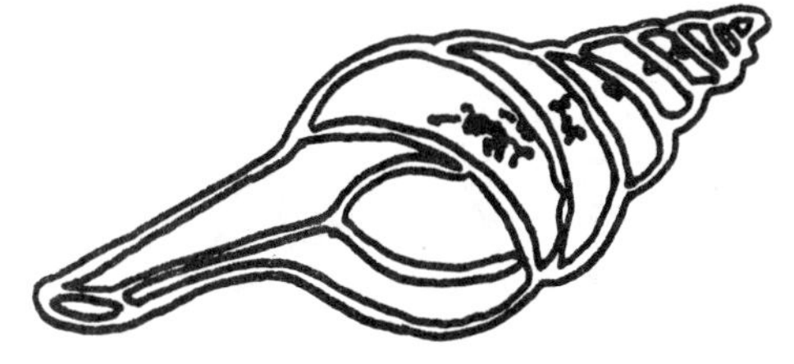

(머리는 말한다)

아아 내가 방편이라도 되어
그녀에게 말할수만 있다면
아무리 뒷발렸지라도
결코 싫은 말한마디 내뱉디아니할 것을.

(마음은 말한다)

아아 내가 편이부자리라도 되어
그녀의 바늘에 찔릴수만있다면
아무리 아무리하여도
찔려서 더욱더 되여 기뻐할수있을 것을.

(노래는 말한다)

아아 그녀가 머리을 틀 때의
거울파에에파라도 노표다면
가슴에 맺힌이 마음을
틀마지 그녀귀에 속삭일 것을.

그대가 불렀던 노곡

H. 하이네

옛날 그대가 자주 부르던
그 노곡을 우연히 들으니
가슴이 저려 괴로우며
어쩌면 좋을지 모름을.

마구 짖어대는 그리움의 고수에 맡겨
더 깊숙한 숲길 찾아가
마음껏 토로하고 나서야
가슴 뭉클함들이 어데온가 가벼웠구려.

옛 얘기지만

H · 하이네

지금은 옛 얘기지만
아이안 높이 불쑥 나를 부른다.
가슴이 헝크러져 울리는 건
마법쟁이 나라의 가락소리.

영롱히 구리빛 저녁노을에
금박한 집이 꽃 요염하게
새색시 같은 양늘오
노래를 쾌쾌히 부르고만 있다.

거기엔 나무들 사이에 늘어진 딱가
모두가 그 가락소리을 읊조리며
춤도 느리 깊혀
마취율동의 곡조처럼.

여태껏 들은 적 없는
사랑의 멜로디오 밀려어오고
미칭듯한 그리움에
아슬하게 가슴은 밀리어든다.

가을 바람

H. 하이네

가을 바람에 나무는 하늘거리고
잎들이 낙엽은 벌렁 떨어져만 가.
남회색 바바리 걸치고
마후라 하고 홀로 숲속을 거닌다.

말 채찍질하여 튕겨져 나가듯이
마음은 더욱 더 멀어 있던다.
들뜬 마음으로 봄을 향곳이
그대 집까지 걸어갔다

그대는 멍멍이고
불낳치는 마음은 마중나온다.
박차를 꺼렸으이며
무거은 듣는 중계.

윤판이 번득이는
따스한 방의 향기
깊은 나를 기다리고 있었다.
나는 그대 가슴에 잡고 이런다.

바람은 나뭇잎에 교당대며
떨나무는 기미이 잘 앉인다
앓타고 갔 행복한 나그네여
저 멋대요 행복한 나 래만 끄치는 구여.

고별의 노래

H. 하이네

(一)

잘 있거라 잘 있거라 고향의 바닷가
푸른 물결더 푸으오 넘어딴다.
밤바람은 산들산들 불어오고 파도는 소리쳐
갈매기 울부짖는 소리 요란도하다.
바다로 기우는 햇님을 따라
닻이야 우리함께 떠나간다.
어쩔 왕홀에도 고별해야지
내 고향아 — 잘 있거라.

(二)

닿지 잖 이루지 못할
빛나는 아침해는 다시더 올라
우릴 바다와 하늘을 맞이하나
내 고향 그림자조차 보이질 않는다.
거기엔 사람도 없고
난 옷봇마다 거려 불붓하리.
파장이 낳춘 허심이 엉키고
가립요 앞 작멍이는 늪피 묻으리라.

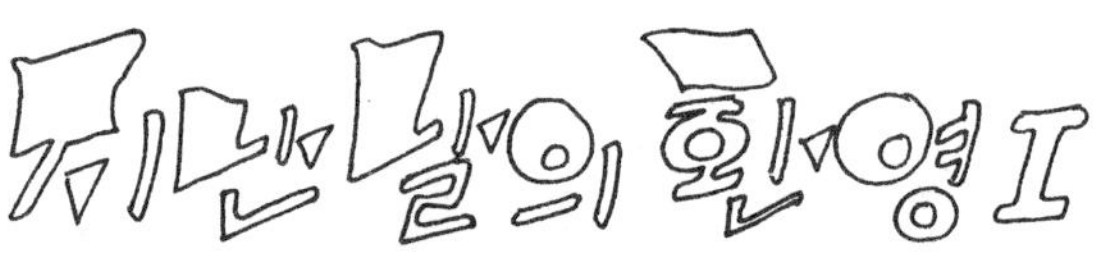

H·하이네

지난날의 환영이
훌쩍 떠면
님의 곁에 있던
그대가 생각지웁다.

한 녀철 정신없이
거리를 헤매이고
이상스런 사람네들 눈총을 받으며
슬픈 얼굴을 말도없이 떨구고.

님의 거리는 사람네들의 눈도없어
내 그림자 질동무하고
다만 오올로 침묵한데
그저 묵묵히 걷고 있다.

뒤안 달의 환영 II

H·하이네

잠깐만 기다려라

H. 하이네

잠깐만 기다려라 씩씩한 사랑아
나도 안주로 갈 터이다.
두 저녁 — 저녁요요바와
사랑하는 사람에게 작별을 하며 —.

피에 흘려 날뛰어라 나의 눈에서
피에 흘려 날뛰어라 나의 몸에서
뜨거운 핏방울 굵은 판에 적시어
온갖 이쁘라림들을 써두련다.

오오, 님이여 애인이여 어째서야 내 밤소레이
나의 고통의 형서를 보고 몸부림치는가.
이제까지 당신은 내가 샛파래져
피흘림도 섬내지 않더니.

기억하십니까, 옛날의 노래
머언 낙원의 뱀노래를
어린 늠을 꼬상에서 두어
물해에 빠뜨린 뱀의 얘기를.

반짝이는 라인강

H. 하이네

저물어라 반짝이는 라인 강을
잔들이며 석은 내려다본다
눈이 부신 빛속을
꽃피고 나의 배 당아낳았음

금빛 물결이 찰랑이는 것
넋잃고 바라다 보노라니
가슴 깊은 한구석
아늑한 생각이 떠오른다.

웃음기이며
...음은 상냥히 부르지만
...없는 죽음과 어둠을 잠무리고
낮으로만 번쩍번쩍 빛나고 있다.

같으울하열, 안으로는 흉게
...음이며 애인도 그와 같으이
...이도사 방하고 개끄덕이며
...것이 웃어두었던 것을 ……

맹세는 싫어요

H. 하이네

맹세만은 싫어요, 오히려 가슴을—
연인의 맹세란 믿음이 없다.
그대의 말은 진정 달다.
하지만 키스는 더욱 달다.
말이란 연기요 입김이외다.
키스는 진정 맛도 좋지만.

연인이여 맹세해다오 영마르지.
입에 감도는 말일지언정 믿고싶다.
그대의 품 안에 안길수만 있다면
나는 여기에 더 무엇을 바랄것인가.
아득한 훗날까지 영원토록
그대가 좋아한다고 내 믿고 있으리라.

H · 하이네

물결은 반짝이며 흘러간다 —
밝은 즐거운 사랑의 시절!
양치는 세답애는 강변에 쭈그려
아름다운 꽃다발을 엮고있다.

꽃은 피어나고
향기는 그윽하네 ……
밝은 즐거운 사랑의 시절!
양치는 세답애는 남몰래 한숨쉬며
"이 꽃다발 받을이 누구일런고?"

기마병하나 갈을 차고 나타나
세답애에게 다정한 인사를,
양치는 세답애는 당황해 쳐다보니
모자의 새 깃이 멀리서 팔락인다.

세답애는 흐느끼며 물결위에
아름다운 꽃다발을 흘려 놓았다.
애모새는 구느와사 사랑을 노래하며
밝은 즐거운 사랑의 시절!

나의 아름다운 고뇌의 요람
맑디 맑은 안식의 묘표
아름다운 성곽이여 작별이여라,
안녕―나는 그대에게 고한다.

안녕 너희의 신성한 문간이여
그리운 사람이 지나던 곳이여
안녕 너희 신성한 자리여
두 사람이 처음으로 만난 곳이여

당신을 만일 맞아들이지 않았던들
오 아름다운 마음의 여왕이여
안녕 이처럼 나도
지금 비참해지지는 않았으리.

아름다운 별묘지

H. 하이네

마음을 흔들어 놓은 그대
사랑해 주리라곤 생각하지 않았다.
그대 모습이 눈만짓에서
다만 들켜이 보내고 싶을 마음.

하지만 그대는 내 나를 쫓고
쓰디쓴 말을 입에 담고선.
나의 오관은 미칠 것 같고
마음은 괴로해져 몸부림친다.

말라쟁이에 힘마저 탈진되어
지팡일 벗삼아 부들부들 가고 있다,
저 너머 싸늘한 이역의 무덤에
고요한 자리를 눕힐 그 날까지.

불타는 사랑을

H·하이네

옛날에 꿈꾸던 불타는 사랑을
고운 사랑창에 엉클꽃에 데시다 꽃.
달콤한 입술, 쓰디쓴 변명,
서러운 노래의 서러운 곡조.

어느듯 꿈은 낡아지더고
그리운 이의 모습도 사라졌네
뜨거운 마음 다해 쓰고하는
달콤한 사랑의 노래만이 남는다.

사랑받은 노래여 너도 가거라,
그리고 찾아라, 옛날의 꿈을.
만나거든 부디 소식이나 전해주오
덧없는 그림자에 띄우는거 무어.

길케시언

사랑이 어떻게

R.M. 릴케

사랑이 어떻게 그대에게 왔는가?
태양처럼 미소짓는 꽃바람처럼
아니면 기도처럼 왔는가?

행복이 반짝거리며 하늘에서 내려와
날개를 거두고
꽃피는 내가슴에 크게 설레온 것들을

그대의 눈길에서

R.M. 릴케

사랑하는 그대 눈길에서는
빛이 가득한 커다란 바다가 앞에 있고
꿈꾸는 모든 모습을 이룩한
호수 속에서
맑고 깊숙한 마음이
나타날 때
나는 멎고 만다
그 반짝임이 너무도 크기에
— 크리스마스의 트리에 눈부신 불빛
소리 없이 두 문짝이 양쪽으로 열릴 때,
문득 ……
주눅하고 서는 애들 같이

은이라 반짝이는 옷차림을 하고
밤이 뿌리는 한줌의 꿈을
그 깊이 내 마음속 깊은 곳까지.
가득채우고 나는 취하고만다.

어린애들이 금빛호도와
답부니 금빛으로 가득채워민
크리스마스의 밤을 보듯이.
나는 보았지.
당신이 5월의 밤속을 가면서
모든 꽃들에게 입맞추는 자태를.

그이를 만난다면

R.M. 릴 케

5월이 되어
추억의 놀라움이 연달아 있고
온갖 꽃나무 가지에서
모든 사람의 마음을 풀어주는
가벼운 흔들림 물방울처럼 떨어지는

고리가에 커다란 잎따가에
다보민 꽃과 같이 희게 닿아.
잎따가 같신의 이마에 떠도는
끝없는 번뇌의 빛을 받을 때
밖에서 그이를 만나면 얼마나 기뻐라.

이 노란 장미를
어제 그 소년이 내게 주었지
오늘 그 장미를 들고
그 소년의 무덤으로 나는 간다.
보라, 꽃잎에는 아직 물방울이
맺혀 있음을
오늘 눈물인 이것
어제 이슬이었던 것이‥‥‥

향기짙은 밤

R.M. 릴케

향기짙은 밤이 동원 우에 내려앉는다.
별은 가만히 보고만 있다.
달의 하얀 조각배가 벌써
보리수 가지에 닿으려 하는 것을.

먼 곳에서 분수가 노래한다.
아주 오랫동안 잊고있던 동화들을
그리고 조용히 ㅅ방가 떨어진다.
높이 자라던 풀밭에.
참나무고목의 사이를 지나며
새로빚은 포도주의 짙은 향기를
파란 날개위에 가벼이 싣고
가까운 언덕에서 밤바람이 불어온다.

은빛같이 밝은

R.M. 릴케

은빛으로 밝은, 눈이 쌓인 밤에
들풀에 누워 모든 것이 쉬고 있다.
걷잡을 수 없는 슬픔만이
누군가의 영혼의 고독 속에 갇혀 있다.
나는 묻는다.
영혼은 오래 답이 없는가고 어찌하여,
밤의 깊속으로 슬픔을 부어 넣지 않는가고.
그러나 영혼은 알고 있다. 슬픔이 사라지면
별들이 모두 빛을 잃고 마는 것을.

블론드 행복을

R.M. 릴케

블론드의 행복을 택하고싶다
떠거나 나는 그리움과 희구에 지쳐 있다.
어미양 물이 조용한 목장을 이루고
저녁놀이 떡갈나무를 피빛으로 만들고
소녀들은 이미 집으로 돌아간다.
가슴에 꽃은 장미가 반쯤 좋다.
환꽃으로 웃음이 사라려 간다.
첫별이 반짝이며 오고
서럽게 꾸었는 꿈이 되살아난다.

하나하나의 느낌을

R.M. 릴케

하나하나의 느낌을 아로새기면서
감미로운 기대로 가슴을 설레이며
별빛을 떨어뜨리며 5월의 밤이
저 봄한 광장 위에 내려앉을 때.

나는 가벼운 걸음 걸이로 집을 나와
취하여 반짝이는 하늘을 바라본다.
나의 그윽한 영혼이
나무꽃 피어나듯 활짝 핀다.

물결치며 겹쳐이은 숲과 숲.
그늘띤 언저리가 더욱히 짙고
여기저기 우뚝솟은 나무들
귀돌이삭이 들어서 있는 보리밭의
연홍색 넓이를 가로지른 것이다.
퍽이나 고괴칠한 햇볕 아래서
싹트는 옥수수들 그리고
저쪽에는 덩밭들이.
덩밭을 막아서는 굵직한 떤나무숲.
금홍색도 밝게
풋잎수풀 바로 위오 높게 높게
사원의 첨탑이가 빛을 발한다.

유리창들

R.M. 릴케

고요한 밤의 유리창들은
저녁햇살에 붉게 물들고
정원은 그득히 장미가 피었었다.
그리고 거기 백화 위에 높다랗게
저녁 어둠이 날개를 펴고 있다.

움직이지 않는 대기 속에서
물새소리가 수향 위로 깊게 울린다……
하늘에서나 우는듯
그리고 나는 보았다. 잎새들의
속삭임에 그득한 박달나무 위에서
반짝이기 시작한 나무들을
감싸더니 「밤」이
새파란 세계로 밀려나가는 것을.

정감을 표하며

R. M. 릴케

각자의 정감을 표하며너
하나의 달콤한 박력이 마음을
마음을 감동시키는 것이
오월의 밤이 별빛을 떨어뜨리며
고요해진 광장과 광장을 점령할 때

그대는 고요한 섬음섬이오 깊음 나와
별빛 반짝이는 하늘의 푸르름을
낮읽고 그곳만을 응시한다.
그래서 어슴프레한 영혼이 그대를위해
커다랗게 피어난다.
장미의 꽃처럼 ……

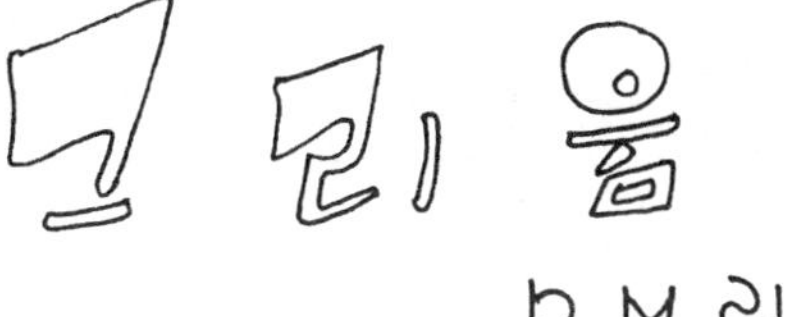

R.M. 릴 케

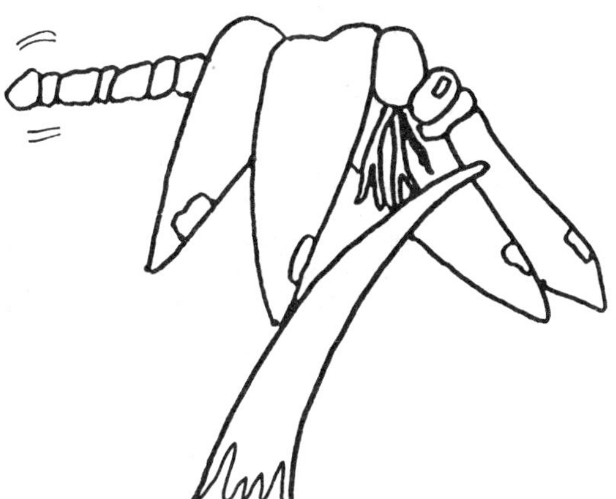

그리움이란 출렁이는 물결 속에 살고
시간 속에 고향을 갖지 않는 것인가.
날아오는 것은 나날의 시간이 속삭이는
영원과의 나직한 대화.

산다는 것은 어제의 시간 속에서
가장 고독한 시간이 말없이
다를 누이오는 다른 미소와서
영원한 것을, 나와 맞을 때까지.

없어지지 않는 별

R.M. 릴케

아침 해가 동녘 하늘을
온통 시뻘겋게 데며
없어지지 않는 별이 있었으면 좋겠다.
어떤 것에도 없는 그런 별을
내 영혼은 기억한다.

금빛 여름 하룻빛을
머금고 지쳐버린 듯한 늪이
거기 닮으고 싶은
조용히 빛나는 그런 별을 생각한다.

더 높은 천체의 무리 속으로
수많 그런 별들이 숨어서 빛난다면
영혼을 마음 속 깊이 간직한 사람들과
그리고 모든 시인들에게
진정한 빛이 되리라.

목숨을 잊지 않고

R.M. 릴케

말없는 목숨을 잊지않고
서러운 날을 남에게 물을 생각이 없다.
나는 느끼고 네 가슴이
기뻐한 것으로 꽃바람을 높이는 것을
그 땅속 깊이 뿌리를 펴고 받아들여서
많은 것들이 움터 나온다.
녹해주시지 않는 겨울철이 온데도
그들은 뿌리 끊고 몸 굽히지 않으리.

장미꽃

R.M.릴 케

난 지금 끝없는 고갯길을 걷고있다.
누군가를 위하여 장미꽃이
막 피어날 준비를 하고있는 정원을 따라서
그들이 아직도 오래동안
나를 맞아주지 않을 것임을 난 안다.
경의도 표하지 않고 노래도 없이
그들의 곁을 그냥 지나쳐야 하는 것을

선물을 받지 못한 나는 행인을
적막한 사람일 뿐
보다 행복하고 밝은
꽃들이 올 때까지는
바람에 불려, 깃발처럼
장미는 빨갛게 나부끼리라.

나는 하나의 정원

R.M.릴케

나는 하나의 정원이고 싶다.
샘터가에서 가지가지 끊임없이
온갖 꽃을 피우는 그런
정원이 되고 싶소이다.
그들의 꽃들은 제각기
자기 생각에 잠기면서
말없는 회화로 서로 얽히하웁니다.

그리하여 꿈들은 헤매일 때
나는 그 꿈들의 괴로움에
내 마음을 더듬어 놓고 싶소이다.
누가 꽃들이 더듬어하듯이
꿈들이 질 때
다정한 그들의 목소리를 난!
나의 침묵을 갖고서 귀담아 들고싶다.
꿈들의 편안한 안식묘에까지.

밤의 뭇 세계에서

R.M. 릴 케

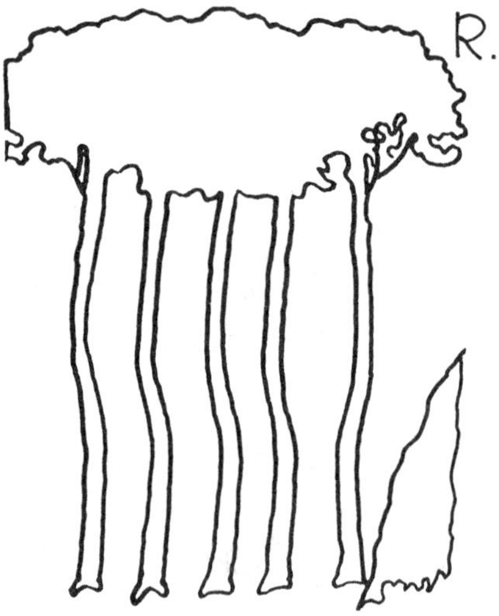

대요는 밤의 뭇 세계에서
바람은 늪을 뜯다.
어린 아이가 늪을 뜯듯이.
마을로 바람은
간 숲길을 헤어가면서
조용히 마을로 들어가옵니다.

더들고 처맛에 다달으자
발걸음을 멈추고 우뚝서서
바람은 귀을 기우린다.
집들은 모두 하얗게 늪에 덮이고
떤나무 아무런 말이 없습니다.

인생을 이해하려 해서는 아니된다.
인생은 축제일과 같은 것
그 날 그 날 일어나는 그대로 살아가라
길을 걷는 어린아이가
바람이 불 때마다
옷 맡에 꽃잎을 받아들이듯

어린아이는 꽃잎을 주어서
모아둘 생각은 하지 않는다.
머리칼에 머무른 꽃잎을
가볍게 털어버린다.
그러나 이미 앳된 나이에
새로운 꽃잎으로 손을 내밀고 있노라.

소녀들을 바라본다

R.M.릴케

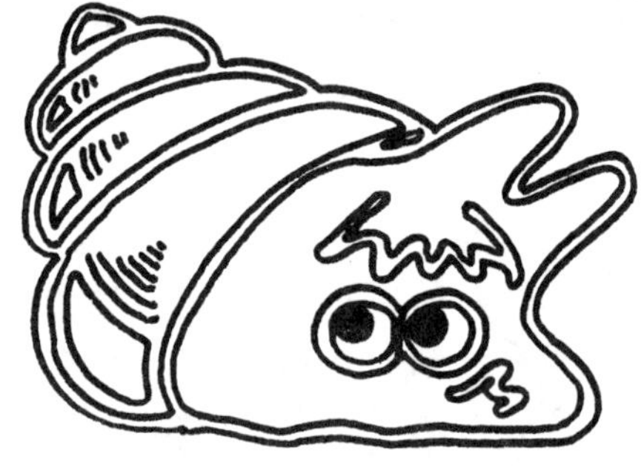

소녀들을 바라본다 —
멀리서 픽 배들이
평온한 항구로 돌아오는 것을
소녀들이 서로 가까이 모여
수줍은 낯으로 바라본다.
흰물살이
무거운 모습으로 변하는 것을
이렇게 맘에 설리는 모습이
영혼의 자태이다.

돌아오는 이 광경
피요한 바닷가에서
배들은 크고 섬어 공허하기만 하구
마스트위에 깃발도 하나 펄럭이지 않고
모든 배가
누구한테 얻어맞은 것 같구나.

그대들은 아직
소녀들

R.M.릴케

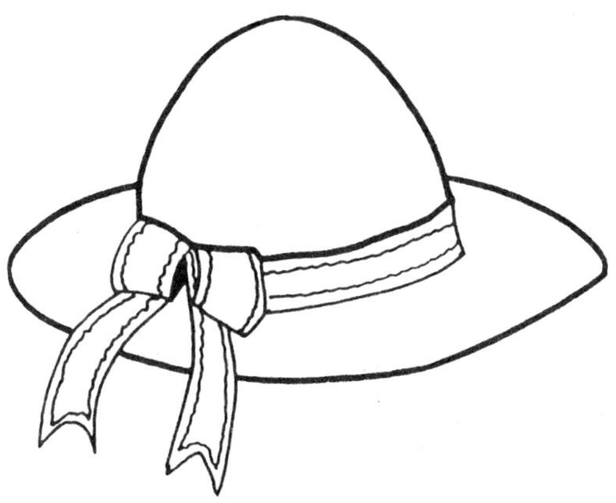

너희들 소녀는
사랑어)가는 4월의 정원.
어수많은 길들 우로 봄은 헤매어
아직도 어느곳에 머물지 못한다.

그대들을 위해서

R.M.릴케

그대들을 위해서
파도는 결코 잠자고 있질 않는다
거기에 잠자고 있는 일이 없이
그대들도 파도들처럼 노래부르려니.
깊은 밑바닥에서 가락이 된다.

그대들 속에 울림을
미애뇨셜이 일으키었는가?
고 다음 슬픔이
그 울림을 눈뜨게하였는가.
누구을 위하여.

테라스에 아직도 햇빛이

R.M. 릴케

테라스에 아직도 햇빛이 남아 있다.
그래서 나는 새로운 기쁨을 느낀다.
지금 이 저녁 속에 스며들수 있다면

나의 금속으로 거리 거리에
황금을 뿌릴수 있을 것인데.

지금 난 세상에서 멀리 떨어져 있다.
저물어가는 마지막 빛으로 나는
엄숙한 나의 고독에 밀착한다.
지금 누군가가 나에게서
두려움을 느끼지 않을 만큼 그렇게
정답히 나의 이름을 잊어가는 듯
아는 듯이
나에게 이름같은 것이 소용이 없음을

가 을 밤

R.M. 릴 케

나뭇잎이 내리고
먼 곳에서 내려 오는 것처럼
하늘 속 먼 뜰에
꽃밭이나 마르는 것처럼
나뭇잎이 내린다.
거부하는 몸짓을 하면서 내린다.

그리고 몇 개의
밤과 밤 사이에 검은 대지가
고독속으로 버려져 들어가는구나.
다른 별에서 떨어져.
우리들 모두가 떨어진다.
이 손이 아래로 떨어진다.
그대의 또 한 손을
보려므나 어느 것에든 떨어지지 않느냐.

그러나 어떠한 사람이 있지요
이들 모두 하강을 끝없이 고요히
그 두 손 속에 유유히 당기고
있사옵니다.

눈멀어 가는 여인

R.M. 릴케

단잠에 깊숙히 머무른 여인
온날 가득한 노래에서
아무에게도 같게는 들리지 않는
그런 소리만 엿듣고 있나봐.

자신의 육체를 잠에서 부터
여인은 끄집어 내린다.
침묵의 느낌표차도
그대로만 꾸박임 될줄을

낳창거니 우리덤가
창틀 속에서
한 거인이 있으면 좋겠소이다.
늘 가에 보며
그것을 잃지 않으면 안된다
참의의 인간이 되기 위해서
어느 그 거인이 어릿담을 대고
그 싱을 상냥한 화병처럼
들어 올리기라도 한다며
그들을 눈으로 보는 것만으로도
얼마나 우리들의 싱의는
담숨에 기운을 얻게 되고
우리들의 불행은 빛나니라.

너 우리의 기하학이 아닐까?
장미여 우리의 커다란 인생을
끈질게 구분해 놓고 있는
지극히 간단한 도형

너의 그림틀 속에 우리의 애인이
그대를 나타냄을 볼때처럼
그가 아름다워 보인적은 없었다
오 장미여 너는 그의 자태를
영원한 것으로 만든다.

여기엔 어떤 우연도 있을수 없다
애인은 자기 사랑의 한복판에 있다
자기의 것이 아주 돼버린
자그마한 공간에 둘러싸이면서

늦게태어난장미

R.M. 릴 케

늦게도 태어난 장미 또 다른 밤이었만
그대 충만에 장해되어 피어난
헤아릴 없는 장미여
아는가 여름날의 그대는
오누이의 편안이
그러면서도 입에 서운 기쁨을?

영마감을 나는 갈피리,
어벤팡에 답혀
머뭇하는 그대를.
태어남이 죽음으로 느리어면
흉내맞는 것
오오 장미여

수없는 그대 머묘갖을
그대에게 가르치지 않았느냐,
엌히고 강겨만 심묭에벤
오리 앚지 못하는
어무하고 야푹한 둥이음을?

백조

R.M. 릴케

물위을 백조는 밑대로
기 모양에 휩싸여
미끄럼질 하는 한폭인냥 싶어
앉으오만 가버린다.
그대를 그와 더불어
사랑하는 것인들
나불때는 깊길의순간에너.

이 백죠처럼
사랑하는 것인들
정성이 된채 오고있을,
우리 현모의 잎에·····
영을 두드리는 애인께오
행복의 잎피에서 의혹을 사버린
그영도을 그임따는 따러만홉다.

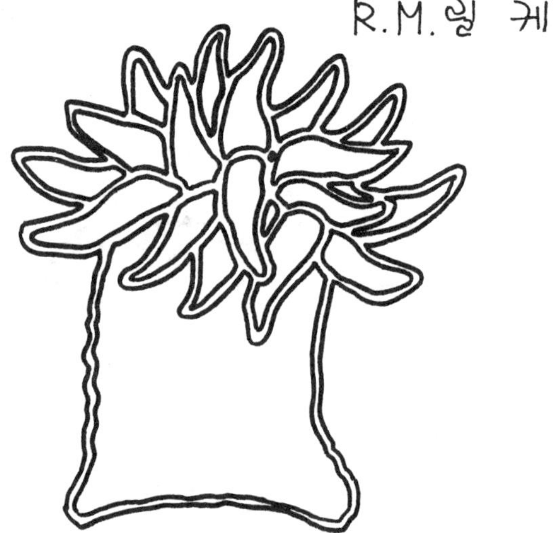

어차피 묻든것이 지나간다.
덧없는 노랫짓이며
맘을 다스리는 노래는
몇 번이고 불리어질 노래잉딘데.

가버린 것을 노래하자,
사랑과 쓰매우새를 담아.
덧없는 사랑의 이별보다
어서 빠르게 만할거냐.

빠이런 시티

독서의 장

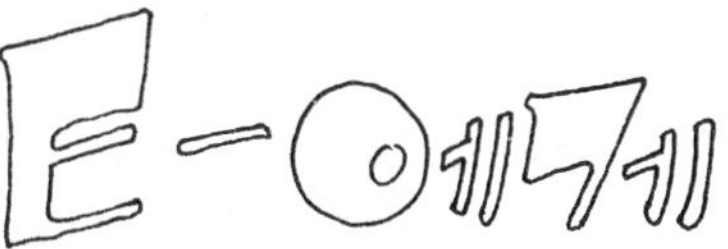

G. G. 바이런

그대 내 우정으로 맺은 이름
앉은 나보다 웃게 두자
덜 있던지는, 간사한지보다
더 큰 사랑 받으리라.

그대 운명 나만 못할지라도
허식의 이 많음 그대 부러워하지마라
그대 많은 남모으는 깊은 덕의 흥지이리니

우리 영혼이 깊이 통하니
그대 운명 얕을지라도, 내 지위는
굽도지 않으며
그대의 마음은 부족한 것 보다 남음이 있으니
우리의 삶은 결코 변하지 않으리.

벗의 비문

G. G. 바이런

벗이여, 사랑하는 벗이여!
보람없는 눈물은 얼마나 그대의
관을 적시었던가?
그대의 죽음 위에 괴로운 몸부림칠 때,
그 마지막 가쁜 숨소리에 나는
얼마나 한숨지었던가?
만일 눈물로 죽음의 신의 걸음을
막을 수 있었더라면,
만일 한숨으로 창의 무자비한 힘을
빼앗을 수 있다면
만일 전쟁과, 더 으뜸가는 죽음의 유혹을
막을 수 있었더라면
그 고운 영혼이 귀신을 매혹하여
저들을 버리게 할 수 있었더라면
그대는 사랑함이, 내 아픈 눈과
그대 벗의 명예와 그대 벗의 기쁨을
축복하여 죽었을 것을!

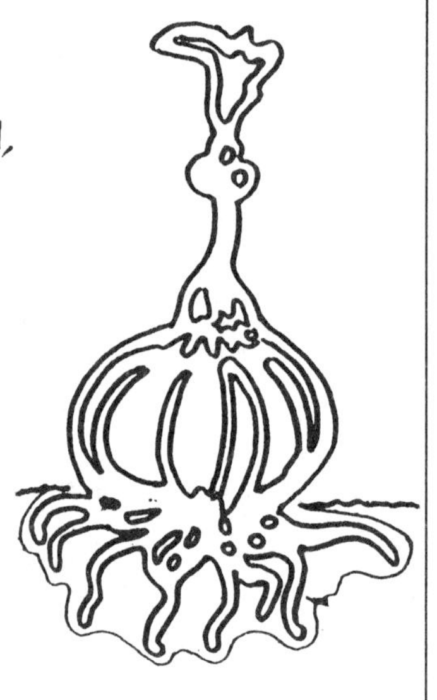

벗의 비문 Ⅱ

G.G. 바이런

[중략]

그대 무덤의 흙보다 더 깊은 나의
나의 애상이여
벗이 높을 때 위로해 드릴 그대
같은 이 없을지라도, 그 슬픔 위로할
힘께 있으리라.
그러나 나에게는 누가 그대를 대신하여
벗이 될 수 있으며
새로운 벗이 누가 그대 그림자를 지울까?
아아 아무도 없다. / 어버이 늙음도
어언간 막고,
세월의 흐름따라 어린 형제의 슬픔도
흐려지리라.
모두가 나 외에 위로받지만
벗을 잃어 고독한 내 마음만이
외로이 탄식한다.

레스피아에게 I

G. G. 바이런

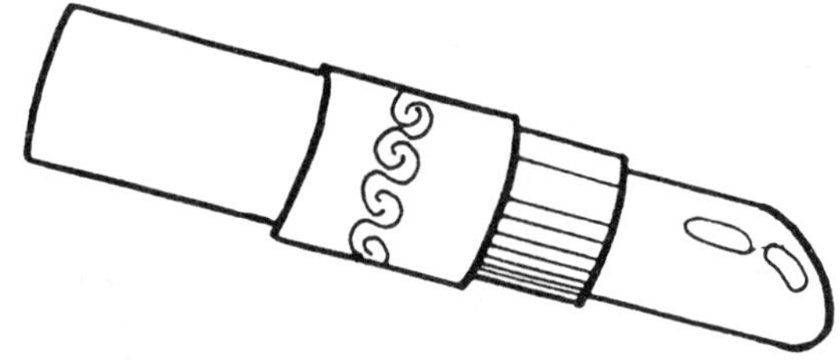

질투를 조금도 두려워하지 않고
너의 비길바 없는 아름다움을
따르려 하지 않고 바라보는
그 젊은이는 쥬피타와 같다
아니 쥬피타보다더 어여뻐보인다.
너의 얼굴은 언제나 모두에게 빛나고
그 입술에서 고운 노래소리
그것은 언제나 내가아는 노래
나를 위하여, 오오지 내마음을 위하여
부르는 노래.
아아. 레스피아여 죽음이 온다고해도
그대를 보지 않을수 있을 것인가

레스피아에게 II

G. G. 바이런

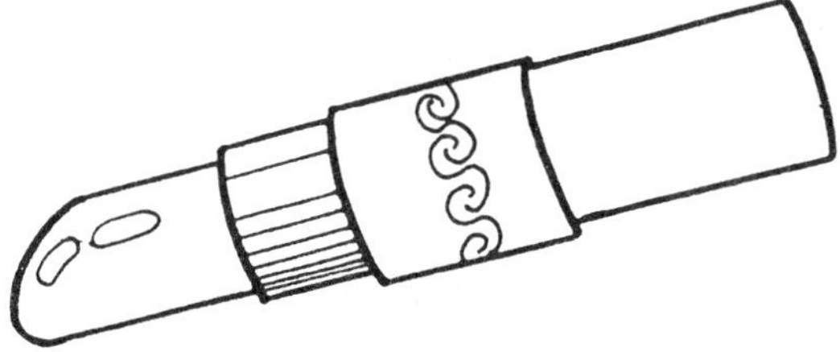

그러나 그대 보자마자 내 마음은
그대에게 끌려
그대 보지 않을 수 없는 몸 되리라
그대 보면서 죽으리다.
첫가지의 두려움에 떨며
몸은 야위고 혀는 마르고 맥박은 빨라,
한숨은 깊고, 온 몸은 지탱하기 어렵고
탄식하는 내 입을 내 창백한 얼굴에 번져
죽음 같은 권태에 어리둥으렸고
귀에는 피리 같은 귀울림이 울려
밤 깊으면 날개 타고 달아나듯
눈에는 즐거운 빛이 조금도 보이질 않고
그 눈동자는 별 없는 밤의 장막에 싸인다
괴로움으로 온 마음은 나락으로 떨어져
막 죽은 듯 느껴진다.

M-에게 I

G.G. 바이런

아아 그대의 타오르는 눈의 불길대신,
공채이와 따뜻한 ...으로 빛난다면
비록 인간의 가슴속 불타는
희망은 적을지라도
생명보다 귀한 사랑은 그대의 것.

그대의 예쁜 자태를 이 세상 것이라
생각할 수 없으니
그대의 눈이 진한 빛이 아닐지라도
나는 단정하리라. 그러나 희망은 사라진다.
양한 그대의 눈동자는 내 단란한
마음을 사랑하려는 대용에

그대 육체를 사영이 정표할 때
진주같이 고운 그대 몸에 밝게 빛나
이 세상 시나 괴게고운 것이기에
하늘이 그대를 부를까 사연은 염려하리.

M-O에게
II

G. G. 바이런

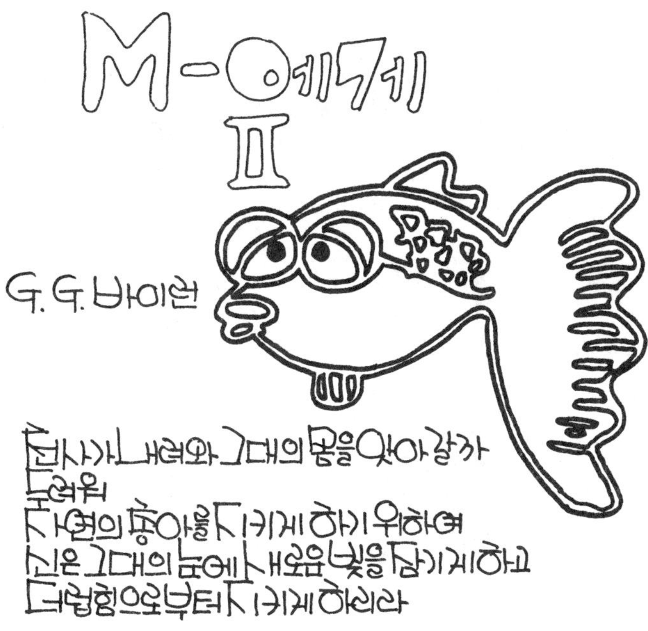

천사가 내려와 그대의 몸을 앗아갈까
두려워
자연의 꽃향을 지키게 하기 위하여
신은 그대의 눈에 새로운 빛을 담기게하고
더럽힘으로부터 지키게 하리라

한낮의 불길같이 그대 눈빛 방황대
두려움을 모르는 하늘 나라의
천사도 떨리라.
아름다움에 마음 끌리지 않는 이도
없겠지만

그대 눈의 강한 빛에 겨딩ㅈ 또 있으리라
별들과 섞인 에레나스의 고운머리
천상을 꾸민다고 해지만
별들은 그대가 천상에 삶을 허락하지 않으리
그대 눈 빛나며 인잖게 별빛 느껴지리라.

[하 략]

디 이파리를 볼 때

G.G. 바이런

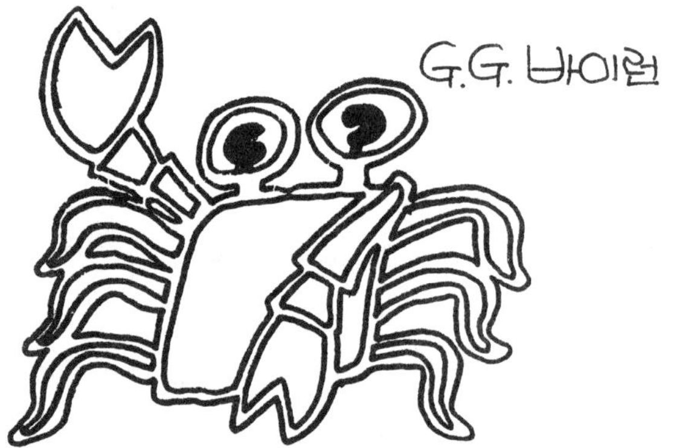

덕을 모으고는 쓰레기 싸오여
내 가슴을 괴롭히는 이 무서운 병은
너의 변하기 쉬운 마음을 기쁘게 하는가?
사랑과 너를 위해
이제 다시 안변샇아 나고며
아아 나는 이 고통을

이길 것만을 바라고 있다.
이미 와서
나는 내 운명을 슬퍼하지 않으련다.
오직 죽음 외엔
너를 미워하는 마음을 버릴 수가 없다.

단 장

G.G. 바이런

슬픔을 하고 황막한 인조의 언덕아
즐거움 많었던 내 어릴 때 방황하던 곳,
나뭇가지를 두 흔들며 위로 돌아오는
가슴이여
이미 저 어린 날과 같이
지금은 그대의 슬픔도 있고
나를 위하여 즐거운 동산으로
보이게 하여주던
메아리의 미소, 그 곳에 있으리.

사랑의 첫키스

Ⅰ

G.G. 바이런

허황한 로맨스 같은 조작물 읽음을 버려다오
그것은 가짜가 짠 표넓이리니!
내가 바라는 것은 젊고 부드러운
마의 광희와
사랑의 첫 키스에 깃듦은 황홀한
기쁨이리니
너희들 서툴은 시인들아, 공상으로
살풀은 그대들의 가슴과,
그대들의 묵가적인 정경은 춘스런
것을 노래하기에 알맞은 것,
만일 네가
사랑의 첫 키스를 맛볼 수가 있다면
성망귀한 영감으로부터
너의 노래 가락이 샘솟아 나오리라!
만일 아폴로의 신이 도움을 거절하고
무신이 너를 배반할지라도
별 그들에게 작별을 짓고
사랑의 첫 키스의 맛봄이 좋다.

G. G. 바이런

나는 믿어 한다, 그대들은 내 당한
예술의 물건이다!
비록 정숙한 척하는 여인들과
완고쟁이가 나를 꾸짖을지라도
나는 사랑의 첫키스의 기쁨으로
고동치는 가슴에서
찾아 나는 그것을 바라는 것이다.

너희들의 노래는 목동이며 양이며
그런 공상적인 노래가
사람 맘을 기쁘게 하여도
움직여 놓지 못한다.

[하략]

사랑하는 / 나를 위하여
애절한 내 가슴의 사랑의 언약을
그대 고이 간직하리라
그것은 에로스의 고운 꿈을 노래 부르고
우리의 마음을 매혹하는 노래이리니
정많은 바보, 또는 실연당한 노처녀
혹은 불쌍히 시들어가야할 운명의
소녀인력 꾸미는 배움학생이 아니고는
누가 그 노래를 책망할 것인가?
읽으라, 그리운 처녀여 / 정성껏
읽어주오

그대는 그런 여자가 아니리니,
그대에게 새삼스럽게 시인의 슬픔을
득은하게 여겨달라고 간청 않으리라.

카모엔스, 그는 진실한 시인이었다
그는 사랑의 불길에 몸을 태워버린 사람
그대에게 이런 슬픈 시인의 정을
득은히 생각하라고 간청 않으리.
카모엔스, 그는 진실한 시인이었다
그는 사랑의 불길에 몸을 태워버린 사람
그와 같이, 그대도 사랑 얻으리라
슬픈 운명만은 그대에게 오지 말라.

메어리에게 I

G. G. 바이런

사랑도 미치지 못할만한
쓰라린 일이라 할지라도
그 추억은 내 마음에서
두려움 없게 하고,
희망을 북돋우며 힘있게 하라고
나에게 말한다.

너의 희디흰 이마가에
너울거리는 황금빛 머리
미의 관영으로 만들어진 너의 빰이며
너를 사랑의 노예로 만들었던 것입술이
여기 눈앞에 보는 것같다.

눈에 보이는듯 - 아아, 아니다
당신의 눈, 푸른빛, 불, 꼭에뜬듯
모든 화광은 빛을 덮치고
그림자무 없음을 한탄하였으리라

메아리에게 II

G. G. 바이런

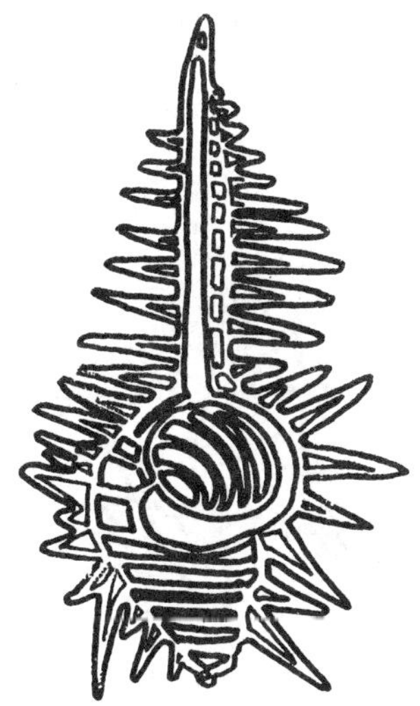

그리움사 뜻이여 너의 목숨도
정도 무엇도 없는 것일거나
너를 내 가슴에 보내죠
메아리를 맞혀 놓고
모든 살아 있는 것일줄에
가장 나에겐 그립구나.
고운 그대사 뜻이여 / 비록 어속에
그대 생명

그대의 다정함이 없을지라도
그대를 내 가슴속에 보내죠 그
한 보외에는
이토옥 사랑스런 것 때 없어라

메아리 곧잘 흔들리는
내 마음이 옳지 않도옥
슬픈 듯 한데 있는 사정을 해가며
그것을 놓고 간다

[하략]

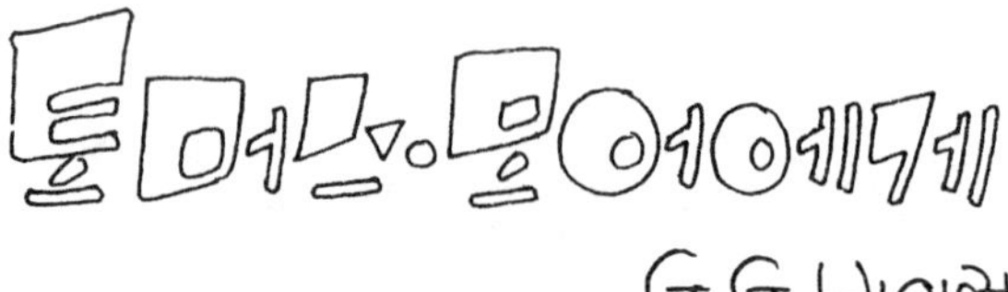
토머스 무어에게

G. G. 바이런

1

내 배는 산기슭에 매이고
내 돛배는 앞바다에 나 있어
지금, 출항의 때를 당하여 돛군이여
그대 저 강을 힘껏 빈다.

2

사랑하는 나의 사람들께 내 탄식을 보내고
나를 미워하는 사람들께 내 미소를
보내자
하늘 아래 어디간들
내 가슴에 빛나는 자부심을 품으리라.

3

내 위에 파도가 물결친듯
내 배는 견디고 앞으로 가거라, 그리고
황막한 사막을 갈지라도
나는 그곳에 있는 샘을 원하리라.

4

빈사의 지경에서 생각에 허덕이며,
샘밑 마지막한 방울의 줄뜨며
나는 지옥의 몹을 향하여
그대 위하여 그것을 마시리라.

G.G. 바이런

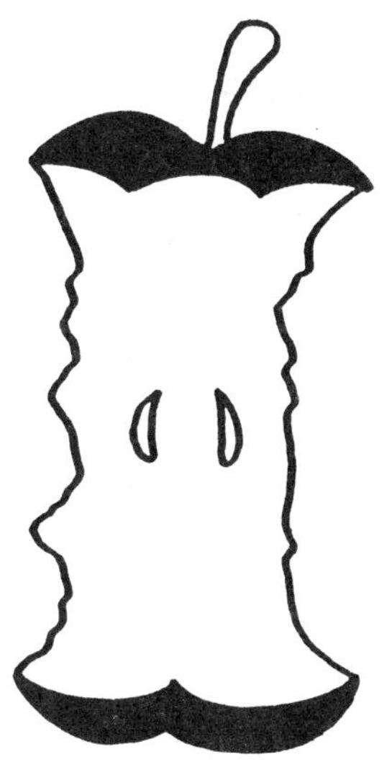

1
이렇게 밤 늦도록
두 사람이 돌아다니는 일도
이젠 없으리라,
마음은 오직 사랑을 그리고
달은 옛대로 비추고 있으나.

2
칼날은 그 칼집을 깎으고
영혼은 가슴을 피곤시키고
심장은 도려누워 쉬수고
사랑도 쉬지 않으면 안되기에

3
밤은 사랑을 위해 마련되고
밤은 이르 돌아간다해도
사람은 달빛 아래도
돌아다니지 않으리.

사랑하는 아가씨여! 지금보다 더 행복한
날이 오기까지
그대가 남겨준 키스를, 고이 간직했다가
그대 입술에 다시 돌려주기 전에는
내 입술을 떠나지 않으리라.

헤어진다고 빛나던 그대의 눈 광채는
다같이 괴로워하는 님의 마음에 향하고
그대 눈시울에 흘러내린 눈물은
내 마음 변치 말라고 흐르는 것.

외로운 내 마음을 바라보며
행복하게 해줄 맹세 바라지 않고
내 마음 그대만을 생각하고
기억코자 바라지 않는다.

멜ㅍ리

G. G. 바이런

써 놓을 필요도 — 써 놓기에는
내 붓은 너무도 약하다
아아! 이 심정을 밝히지 못하니
말도 놀 데 없는 것.

낮에나 밤에나 기쁘나 슬프나
뜻대로 되지 않는 마음으로
밝힐 수 없는 사랑으로 지니고
그대 대답에 말없이 괴로워 한다.

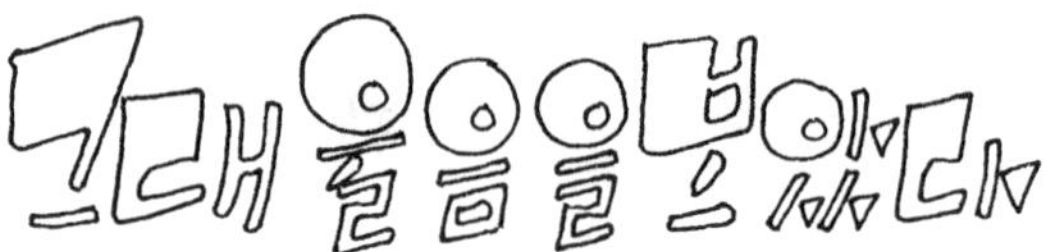

나는 그대 울음을 보았다
푸른 눈에서 솟고 반짝이며 흐르는
맑은 물을 보고
제비꽃에 방울 짓는 이슬인가 하였다
나는 웃음을 그대에게서 보았다
벽옥의 불빛도
그대 곁에서 빛 흐려려
그대의 눈언저리에 넘쳐 흐르는
징싱한 빛에 따르지 못한다.
구름은 저편 태양의
깊고 부드러운 빛깔로 물들어
고요히 다가오는 저녁 그림자도

G. G. 바이런

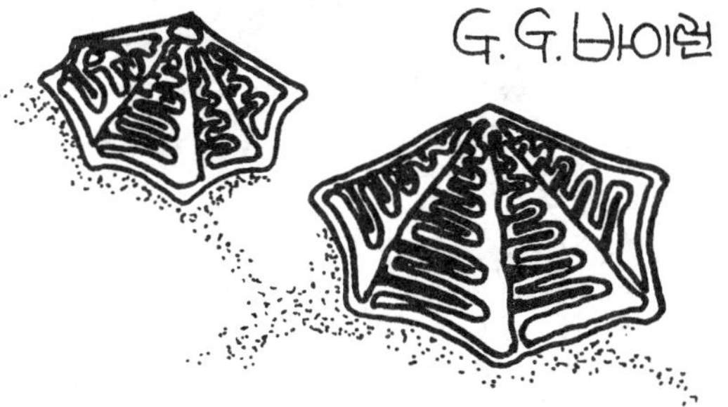

커다란 묘비에 새겨진 이름이
나그네의 마음을 끌듯이
그대 홀로 저 페이지를 넘길 때
나의 이름이 그대의 가슴에 눈동자를
끌어주기를

세월이 흘러 훗날
우연히 그대가 내 이름을 읽을 때가
있거든
죽어간 사람을 추억하듯이 나를
추억하여요
그리고 내 마음이 이곳에 잠들음을
생각하여요.

메들리의 노래 I

G. G. 바이런

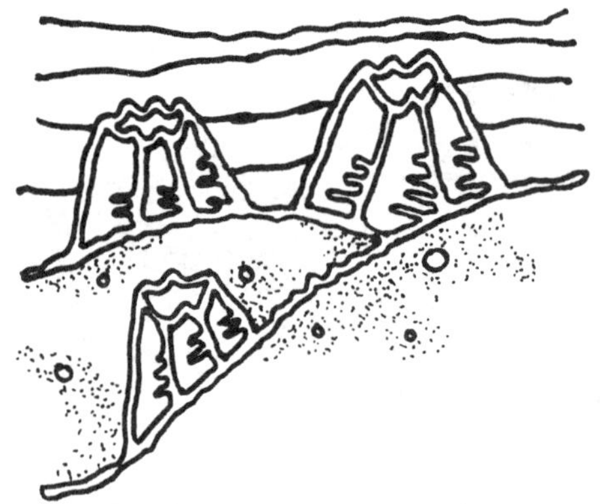

1

내 마음 속에 깊은 곳 영혼히 외롭고
빛 잃은 비린호못이 시들어,
그대 가슴에 댕대 고동이 부풀다
에어지면 옛날 같이 고요만 온다.

2

내 맘 기욤데 ㅎ가의 등불하나
영원히 그러나 아프리히 강박에
있어도 좋을 그럼 빛이 오히려
검푸른 탄식의 어둠까지 미친다.

3

나를 잊지 말라 - 아아, 내
피가 어쩔 수 없단 생각도 없이, 내 무덤
위를 지르지 말라,
나는 마음엔 하나의 견딜 수 없는
고통이, 그건 그대가 날 잊었음을
느끼고 아는 것이니라.

4

내가 가장 사랑하는 가냘픈 임종의
말 - 아무런 책망도 남김 없이
이 깊음을 슬퍼하라,
내가 언제나 원한 것 - 한 방울
눈물 같은 은혜를 베풀어라,
이렇게 깊은 내 사랑에 처음과
끝의 하나밖에서
우리 보답은 이것뿐이니라.

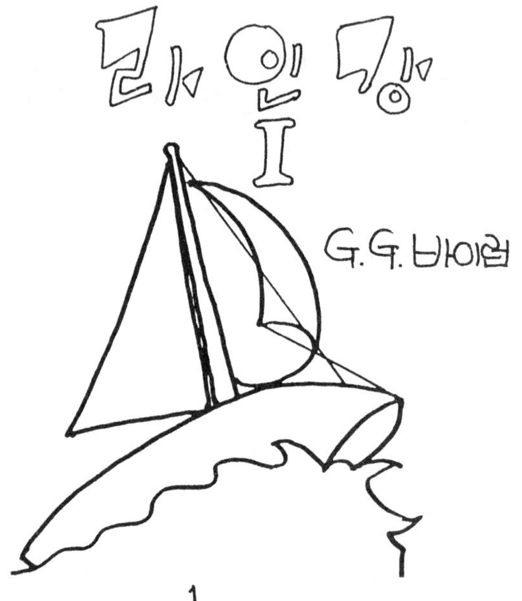

1

구비구비 아름드리 고리치며 넘실하는
라인강을 위어보며
드라헨펠스의 황혼의 바위,
양판히 절레이는 강물의 가슴처럼
포도알 엉겆는 두 언덕을 빛는다.
꽃피는 나무들도 풍성한 언덕바지,
낱알과 포도수를 기약하는 들판,
거기위의 집을 모은 마을은,
멀리 하이얀 벽은 태양에 빈짝여
아름다운 풍경을 원근에드리윤다.
아낫에 그대와함께 거닐더며 기쁨은
더욱더 커질 것을

라인강

G. G. 바이런

2
눈동자 검푸른 시골처녀
막 피어난 꽃잎랑 손에 들고
미소하며 낙원을 거닌다.
군데군데 봉건의 탑들
깎아버린 녹음 사이에 회색벽 지났고
형상스런 바위 무너져
위세를 자랑하던 고귀한 성은 황폐된 채
포도송이징 그런 계곡을 굽어본다.
라인의 이 강변에서 부족한 것 내게는
하나 있어
그것은 내게 갚을 다정스런 그대의 손이리.

[중·하략]

사랑의 장미는 답답한 속에다가
무자비한 가위로 잘리우고
영원히 베어버릴지라도
사랑의 마지막 이별까지, 인생의 화원을
즐겁게 해준다.

아름다운 망과 슬픈 마음을 위로하고
평생 변치 말자던 언약도 헛되게
사소한 일에도 두 사람은 헤어지고
그 외에 죽음이 두 사람을 갈라
놓으며, 사랑의 마지막 이별이
되는 것이다.

희망은 슬픔 가득한 가슴에
빛을 주며
다시 만날 때는 옛정이
소생하리라고 속삭이리
이 서정의 깊은 두 사랑은 슬픔을
덮고.

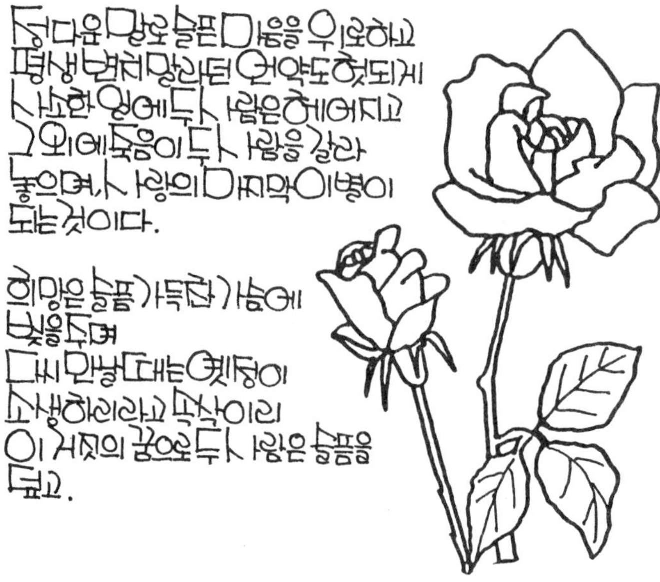

마지막 이별 II

G.G. 바이런

우리들 사랑의 마지막 이별이란 독을
맛보지 않을 수 있는 것이다.
그러나 반면에 한 쌍의 애인들 보오
청춘의 햇빛 속에
사랑은 그의 아름다운 꽃으로 어린
날의 두 사랑을 심었다.
그러나 그 꽃이 화려하게 꾸미는
것도 봄의 한때.
사랑의 마지막 이별이라는 추운 겨울
이 오기 전까지다.

저녀여 그대 가슴의 상성보다 더
고운 밤에
왜 눈물이 흘러내리는 것일까? [하략]

아아 젊은 날이 우리의 영광의 날이리니
높은 사람들에 대하여 나에게
말하지 말라.
꽃다운 노들들의 벙글레와
면장이는 흔하디 흔하지만
그대의 모든 월계관에 비긴다.
이미 주름진 이마에 화환과 왕관인들
무엇하리.
그것은 5월의 이슬에 젖은 사람들은
꽃이 아니냐,
백발 성성한 머리, 그런 것 모두
덮어 버려라.

프로렌쓰에게 II

G.G.바이런

영광밖에 줄 수 없는 화환을 나는
바라지 않는다.

아아! 명성이여 그대의 탄사에 내가
기쁨을 느낀 일이 있다면
그것을 위해 명성을 바랬고, 그것만을
위하여 명성을 원했다.
명성을 둘러싼 광채 속에서 님의 눈초리만이
지상의 것이다.
내 애기 화려한 곳 있어 님의 눈초리
빛날 때
나는 그것이 사랑인줄 알았고 그것이
영광인줄 느꼈다.

나의 배여

G.G.바이런

나의 배여, 나와 더불어
포효하는 대양을 헤치고 바람이
몰리자.
고향이 버틸지라면
어디에로 향하든 아랑곳 없으리라.

아아, 유쾌하구나 푸르른 바다여
네가 아득해 보이지 않을때
사랑이여 물결이여, 어서오라!
나의 고향이여 잘 있거라.

헤세시선

독서의 장

가을날

H·헤세

숲가의 나뭇가지 금빛에 타오르고
내 사랑스런 그이와
몇번이나 거닐던 길을
이리도 나홀로 거닌다.

나의 영원한 간직함이던
행복과 번민이
즐거운 이런 가을날에
향기로움 저편 저멀리 녹아며 간다.

풀잎 타는 연기속
마음의 아이들 노닥이며
나는 그곳에서 노래부른다,
아이들과 가을을 맞춰에서.

애인에의 길

H. 헤세

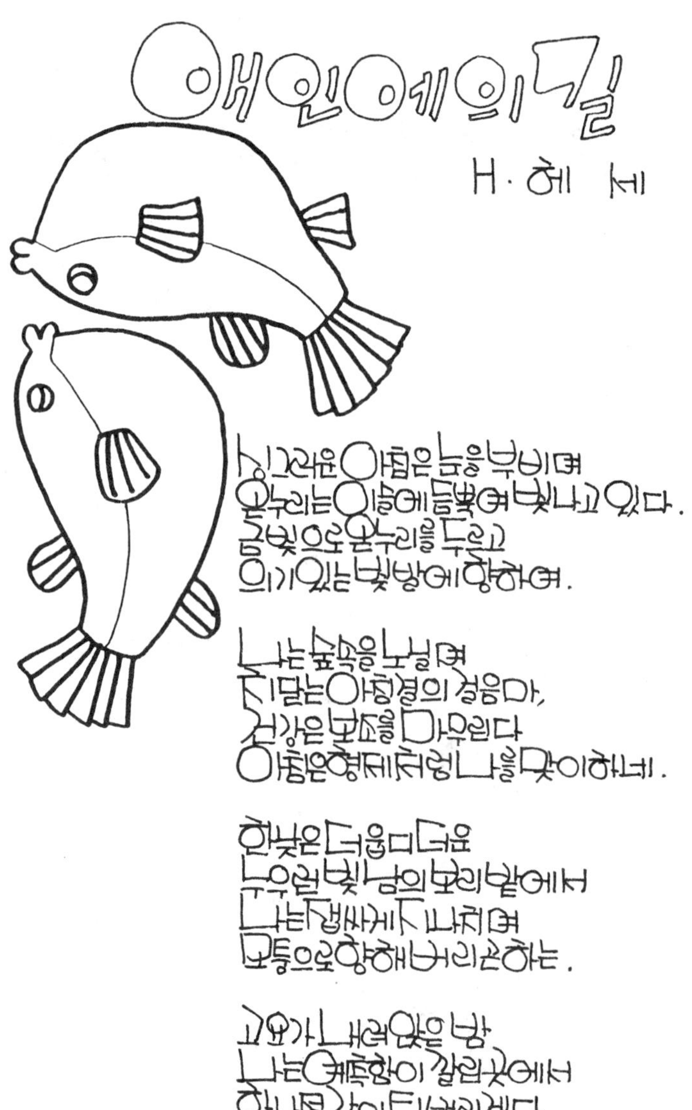

향기로운 아침은 눈을 부비며
온누리는 이슬에 듬뿍져 빛나고 있다.
금빛으로 온누리를 두르고
의기있는 낯방에 향하여.

나는 숲속을 노닐며
지말는 아침결의 걸음마,
건강은 보조를 마무린다
아침은 형제처럼 나를 맞이하네.

한낮은 더움디더운
너우럭빛남의 보리밭에서
나는 잽싸게 나치며
모듬으로 향해 버리쓴하는 .

고요가 내려앉은 밤
나는 애특함이 잠잡곳에서
한나절 같이 타버리겠다.
그대의 가슴에서, 사랑쓰럼 이여 !

사 랑

H. 헤 세

내 기쁨으로 놀린 입은 또 다시 가까이
가려한다
나에게 kiss로 축복해주던 당신 입술에
당신의 사랑스런 머뭄 머뭄을
감고 엉래어
내 손가락 ... 이오 매우려한다.
매마른 눈알을 당신의 눈웃음으로 재우며
이마는 당신 머리칼 속에 깊게 묻어
어쩌나 일깨운 내젊은 몸으로
당신의 많은 들음에 알뜰이 대답하며
어쩌나 신변한 사랑의 부림으로서
당신의 아름다움을 높다랗히 단장하련다.
우리둘 티없는 마음을 진지하게 감사하며
너뇌 약속은 행복의 그 날까지
우리만의 낮과 밤, 오늘과 어제에
사랑스런 오우이런럼 부끄럼없는
다정한 인사 말할 그 날까지
우리는 모든 행동을 조절하며
빛방에 둥인한 평화의 노래에 감길
당신과 나 일것을.

이른 아침

H. 헤세

은빛같은 햇살을 산란하고
고원 정덕으로 머물러 고리없다
사냥꾼은 활을 쐈었다.
밤속 어련히 종달새는 나른다.

숲속도 고란히 날던
둘째 종달새 땅에
떨어지며 정적이 깨딘다.
사냥꾼은 기뻐해하며 손에담았다.
아! 대기의 아침은 밝아오린니.

봄

H · 헤세

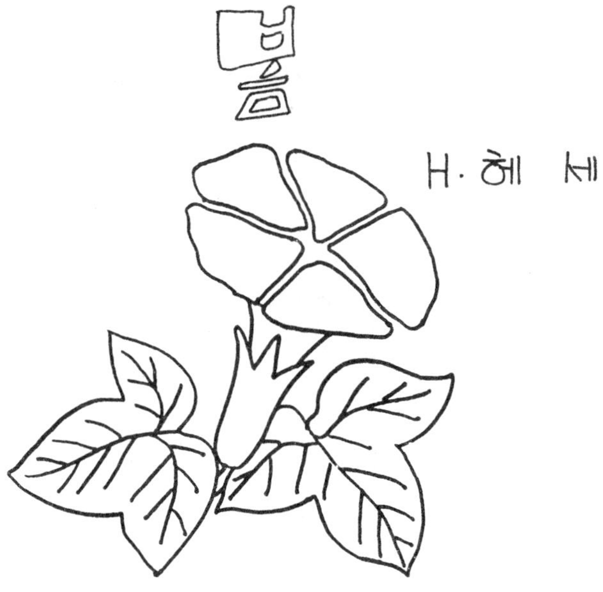

어스름프레히 저무는 들은 길에서
나는 오래간만에 걸음을 주었다.
몸이어 생기란 나뭇잎새에 가냘픈
봄의 향기에 새들의 떠림
이리 나의 몸은 온누리에 앙상지고
빛나게 아름답게
빛방떡한 속에 망을이민다.
기적과도 같이 내몸에서.

보드러운 봄날 볕살은 또다시 내게요
은경게 유인한다.
그래서 나의 온몸으로 떨려서
몸이어 꿈의 영상을 마무리해 상관한다.

H. 헤세

네가 있는 곳 기나긴 산골
마법의 신비함이 깊은 파묻힌 산골
네 가슴에 고뇌와 비애가 스밀 때
네 육신은 환영 속에서 손짓하여
괴상스런 눈동자를 엿보인
그래서 나는 잠시 취한
또다시 네가 나녘에 돌아온 것 같애.

오, 어둡스런 묘
오 — 어두운 죽음의 순간
내풍으로 오는 것이 좋으리
모든 것을 담으며 교상하는
이런 공허한 일상에서
또다시 깊속의 향토로, 돌아오길 우리하여

팔 월

H. 헤세

아름답고 고요한 여름날
오늘의 태양은 고요한 집 앞을
향그럽게 바람 날리며 작은 새의
노랫갈 거림속에
말해 저바라고 켜답을 겨울도 없이.

이 저녁 여름은 푸릅한 풀뿌리에서
금빛 반짝임을
아낌없이 저녁노을을 누비고
그 마지막인 밤을 축하한다.

H · 헤 세

거룩하고 아름답고 수수께끼에 가득한
입술엔 꽃, 이마엔 사랑이 가득한
눈동자는, 불타는 정열이 —
그대의 어깨엔 묵직한 금빛 머리가
한 다발 드리워 있다.

명랑한 그대의 얼굴 나는 보았으리
무덤덤한 거리엔 엉크러진 거릿방
방의 그대를 또한 보았으리
그대의 온갖 모습을 보았으나, 그때마다
거룩하여 아름답고 수수께끼에 가득한.

H. 헤세

바람속에서 쉼새 없이 흔들리는
꽃이 핀 나무의 가지
쉼새 없이 이리저리 흔들리는 이내심사
밝은 해와 어두운 밤과
희망과 단념사이를 흔들리는
나의 마음은 마치 어린아이.

기어이 꽃들은 바람에 지고
자리엔 과일봄 몸에붙인다
마음은 나약하여 단념이나
질풍의 급작을 몸에 달고 고백한다
기쁨은 이런것 저리지 않고 그래도
저울안에단 삶의 장난도 헛된것이
아니었다고

나 비

H·헤 세

슬픈 일이 있던 그 어느날
나는 들녘을 헤매었다
그때 나는 한 마리의 나비를 보았다
흰색에 붉은 색의 점을 덮은 한 나비가
가벼운 바람을 타고 있었다

세계는 아직 어렸과 같이 생기가 있고
하늘이 그렇듯 창백하게 느끼어진다
그 어렸을 때에
나비야 네가 아름다운 양날개을
조용에 다시 한번 애쳐 피는 모양을
나는 보았다.

〔하략〕

괴테 시선

독서의 장

흐르는 강가에서

J·W·V 괴 테

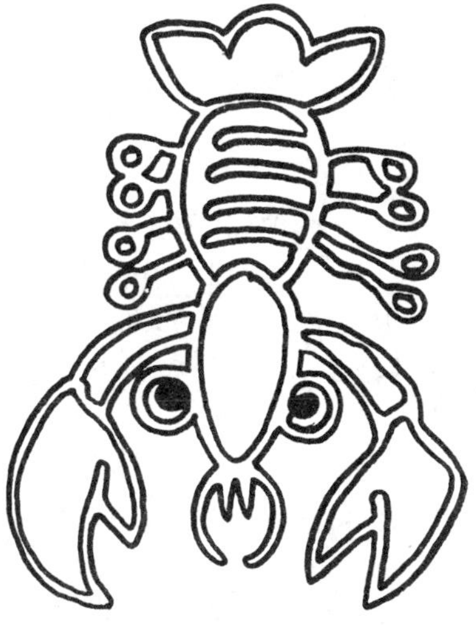

사랑의 노래 따라 흘러만 가네
망각의 바다로 떠내려 가라
즐기텼겠어 이랬지만
꽃피는 소녀도 이랬지만 ―

다만 내 사랑만을 노래한 것이
그녀는 몹시도 단상 마저 날리니
내 사랑 모두 물위에 새긴 것
아물처럼 그렇게만 울려만져 버림!

장미

J·W·V 괴테

시들어만 가련가, 사랑스런 장미여
나의 연인은 너를 찾지 않았으리!
피어만 오고 아아! 희망 잃은 그대에
많은 고통이 되리요 그이를 위하여!

다급 눈물 던 그날을 생각는다
천사 같은 그이와 나란히
맨처음 피어던 꽃봉오리 보려
단락을 거닐던 그날 아침을.

온갖 꽃 그림 꽃 열매를
그이의 발아래 곱상히 모으며
사랑하는 그이의 눈빛을 아물리니
희망에 피 뛰는 가슴이어라.

시들어만 가련가, 사랑스런 장미여
나의 연인은 너를 찾지 않았으리!
피어만 다오 아아! 희망 잃은 그이에
많은 고통이 되리요 그이를 위하여!

달맞이 언덕에서

J·W·V 괴 테

그 저녁 노을에 좋오
꿈을 따라 거닐때
목동은 뛰어려끄리 붙고 있었네
그 나위에 부서지는 우렁찬 소리
리울리리!

목동은 아가씨를 붙으려 안고는
그리고 고마한 키스를 해봤어 보리
그 한번만 더 꾹삭이는 아가씨
그 다음 없은이 피랑 대씨 놓았네
리울리리!

그런후엔 아가씬 잠피를 못닿아
그 기쁨은 잉숖에서 바라터처럼
옛날 그 고릴 언디기치나
그 꾹만 보리네 귀에 랜도네
리울리리 리울리리!

삼월

J·W·V 괴테

눈발은 또다시 날리네
아직 기다림은 오질 않네
아롱지게 꽃이 피며는
아롱지게 꽃이 피며는
두 사람이여 얼마나 즐거울ㄴ가 -

다시 움터 볼 날도
믿지 못할 것
제비 마저 속잎줄
어찌하여?
그는 저 홀로 왔기에!
걸렁물이 와버렸다 하지언정
나 홀론들 어찌들 지우랴?
우리 두 사람 함께려니와는
애나 우리 함께라며는
특시 거기엔 여름이 오리라.

마음대로 되지 않는 사랑

J·W·V 괴 테

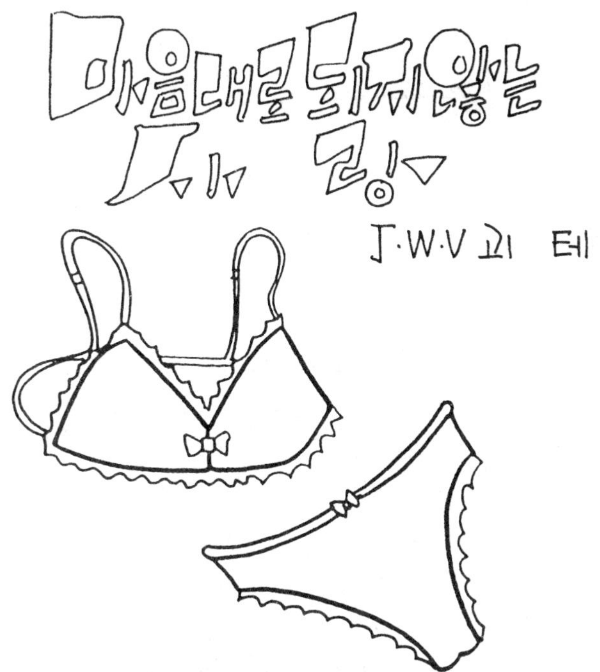

벌써 그걸 나는 알고있었기에 도도하련다.
너희들 교녀는 변덕쟁이이다!
오늘은 다빗드, 내일은 알렉산드
그들은 자기만이 사랑을 받는것처럼
아끼에 어느쪽도 마음이편하다.
어찌만 나는 비탄하기만하다
어그러진 얼굴빛을 하고
오, 사랑의 노예여, 가련한 나비여!
어찌하여 이 괴로움 벗어나볼까
어나깊게 드리워진 사랑사 사랑을
이런도오서는 뽑지못하노니.

작 별

J·W·V 괴 테

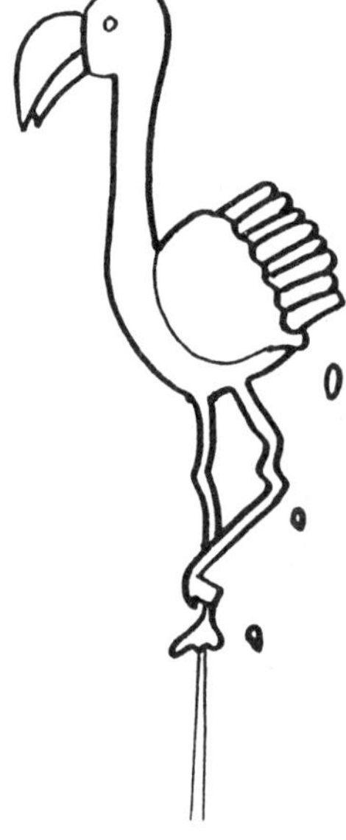

입은 떨어지지 않아 말 못하겠기에
편물로 편물로 마음으로 그대를 보내노라
견뎌낼수 없는 이 마음은 서러우리
그래도 남으리라고 자부했었는데

들껏던 사랑의 불길까지도
지금 꼬라린 이 슬픔의 씨앗
그대의 가벼운 kiss에
헐빠진 그대의 힘없는 약속에!

남몰래 배앗턴 kiss도
오늘 이때에는 얼마나 황홀했으리.
그 즐거움이 마치 이른 봄 들녘에서
제비꽃 꺾었을 그때 같았으리.

그러나 이런 대씨는 그대 위해
꽃다발 장미꽃도 꺾지 않으리
봄날은 또다시 찾아왔리만
내마음만은 쓸쓸한 가을이라네!

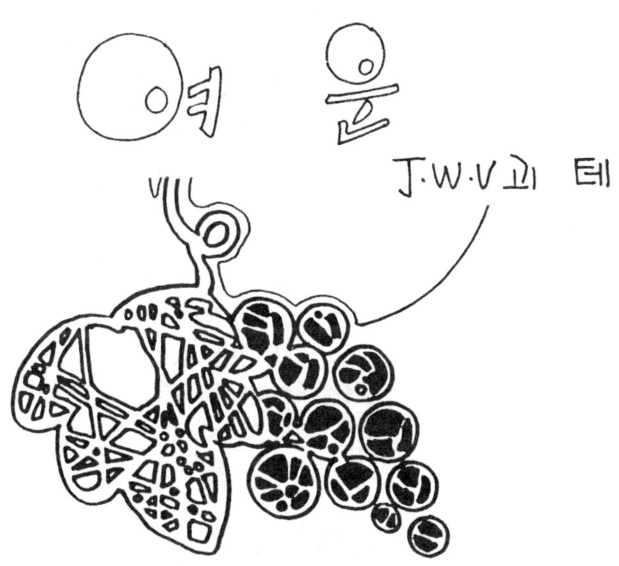

포도꽃 또다시 필 때면
틀에 달은 포도 두고이고 만다.
장미꽃 또다시 필 때면
이 땅애 어이할지 나도 모른다.

눈물은 두 뺨에 흘러 맞지고
일하든 쉬고 있든 무엇을 하든지
알 수 없는 그리리움만 스미어들 뿐
그리고 이 가슴만 애태움을 알게 된다.

하지만 나는 마음을 진정하여
당신에게 급사혀 털일러 본다.
옛날 그 옛날 이토록 맑은 날
드리스가 나 땜에 애를 태웠다는 것을……

애인의 곁에

J·W·V 괴 테

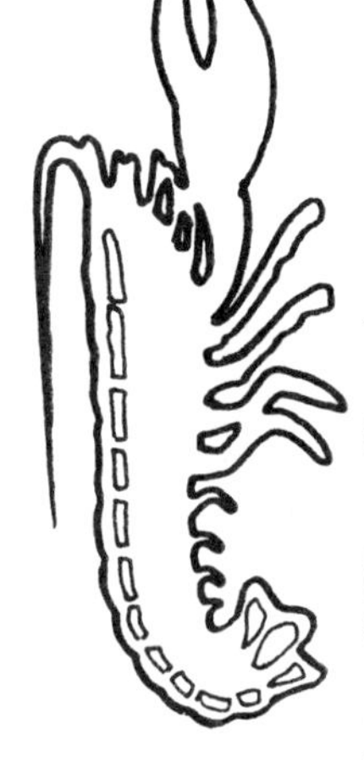

나 그대를 생각하노라
솟아오른 해가 바다 수평에서 비추일 때이며
나 그대를 생각하노라
아련한 달빛이 우물에 비추일 때며……

나 그대를 볼 수 있노라
햇길 저 아련히 먼지가 일 때이며
깊고 깊은 좁다란 골목길에서
낮 나그네가 떨고 설 때이며……

나 그대 음성을 듣노라
무거운 물결, 소리 내어 파도칠 때이며,
고요한 숲속을 거닐며 귀 기우리니
만물의 음성이 고요코 답답해질 때며……

나 항상 그대 곁에 있노라
아무리 머얼리 떨어져 있을지라도 —
그대 또한 내 곁에 있노라!
해 물어서 별들이 반짝이며 나오듯이
오오! 사랑하는 그대여 나에게 오라!

가지마오 애인이여 작별의 말없이 .
밤새도록 지키었오
그래서의 눈은 감기고
잠깐에도 근심어린 빛이
혹시라도 그대를 잃고나 않을가를
가지마오 애인이여 작별의 말없이 .
난 깜짝 깨었다.
그대에게 손을 주어 보지만
새로 잠꼬대 졸리며
잠이 있나를 ?
다만 내 마음 같고서
그대 방이라도 닿을수 있다면
그래서 내 가슴에
꼬옥 껴안을수 있다면 . /
가지마오 애인이여 작별의 말없이 .

내 마음

R·타 골

내 마음 황야의 새
그대 늪 깊은 곳에서 하늘 닮은.
그대 늪은 아침의 요람
그대 늪은 낮의 왕국
그대 늪 속에 노래는 흐른다.
나로하여금 그 하늘 속에서만
머무르게하렴아, 훨훨한 무한의 나래에.
나로하여금 하늘 구름 만을 헤치며
달빛 속에 날개 팔락이렴아.

나의 꿈은

R·타골

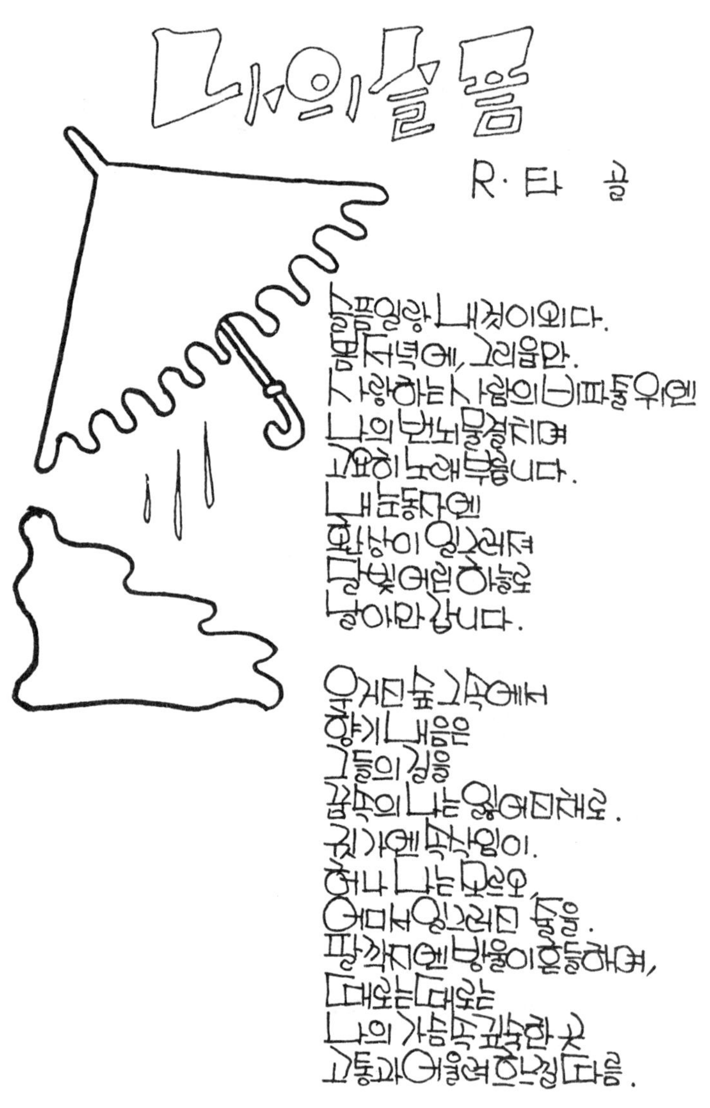

슬픔일랑 내것이외다.
깊은 저녁에, 그리움만.
사랑하는 사람의 머리품 위엔
나의 번뇌를 걸치며
고요히 노래부릅니다.
내 눈동자엔
환상이 일렁이며
달빛 어린 하늘로
날아만 갑니다.

우거진 숲 그윽에서
향기 내음은
그들의 깊음
꿈속의 나는 잃어버려요.
짓가엔 꽃잎이.
허나 나는 모르오
어머나 일그러므 슬픔
팔깍지엔 방울이 흔들거려,
때오는 때오는
나의 가슴속 괴상한 것
고통과 어울려 느끼더움.

너의 문을 활짝, 기다리고 있을 나에게요.
새벽의 행열에서 어둠이 드리울 때까지
빛방의 하룻날 강놀이 끝났으리.
어둠에 별들은 더 높이 반짝인다.
너 꽃은 모이어졌느뇨?
머리는 빗었으며?
님을 위하여 그리곤
아이만 입성을 입었느뇨?
가축은 우리오
새들은 깃으옥해서 돌아옴이.
데 장성오 돌달음하는
어둠속의 집짜오
오오지아니오만족아닌다.
너의 문을 활짝, 기다리고 있을 나에게요.

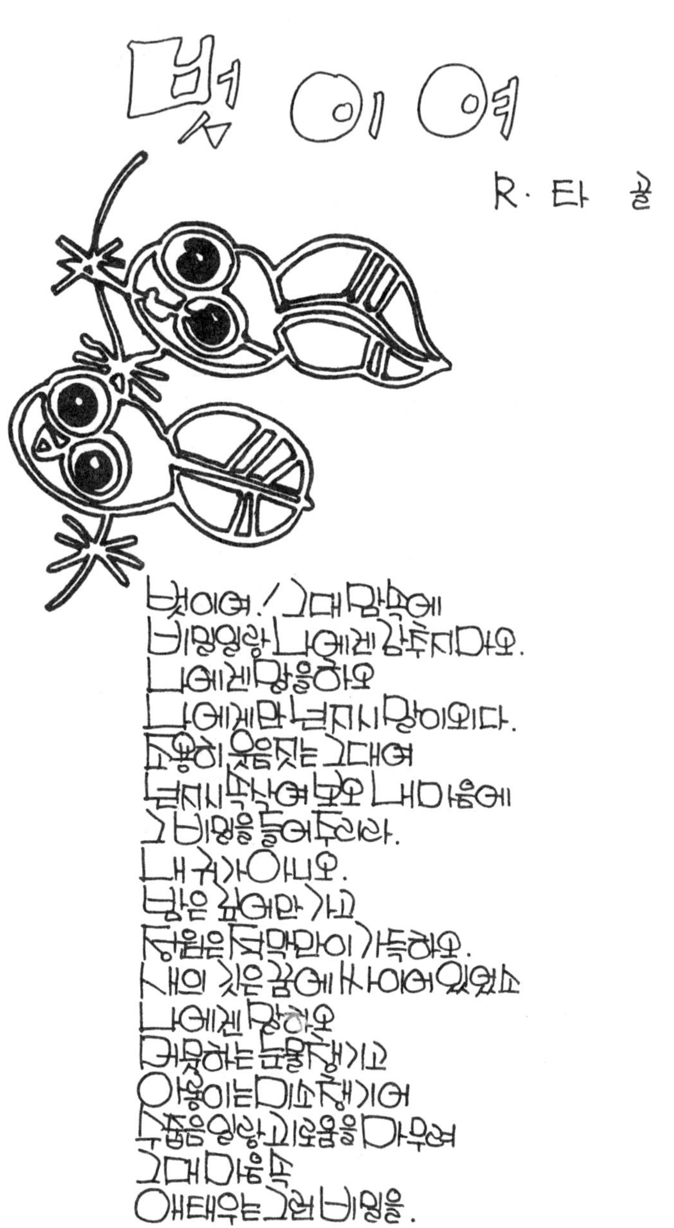

벗 이 여

R·타 골

벗이여! 그대 맘속에
비밀일랑 나에겐 감추지마오.
나에겐 말을하오
나에게만 넌지시 말이외다.
다정히 웃음짓는 그대여
넌지시 속삭여보오 내마음에
그 비밀을 들어주리라.
내 귀가아니오.
밤은 깊어만 가고
정원은 적막감이 가득하오.
새의 깃은 꿈에서 비어있었소
나에겐 말하오
괴롭하는 눈물도 생기고
아쉬이는 미소생기어
슬픔을일랑 괴로움을 다무려
그대 마음속
애태우는 그런 비밀을.

나에게로 오라

R. 타골

하늘에서 하늘로
흐느적거리며 지지말는
여름날의 구름처럼 나에게로 오라.

그대 화려한 그림자요
어머니 산들의 빛갈 깊으게
잠붉게도 하라.

지쳐버린 숲일랑 헤어보며
살짜기 건너 두텁고도 높은
두텁고도 높은 희망을 헤어두라.

깊이 간직한 삶의 기약,
꽃잎의 기쁨인듯
여름날 구름처럼 그렇게만 흩날려
나에게로 오라, 나에게로!

생활이 그대를 속일지라도

A·S 푸쉬킨

삶이 그대를 속일지라도
슬퍼하거나 노여워하지 말라.
슬픔의 날을 참고 견디면
기쁨의 날은 오고 말리니.

마음은 미래에 사는 것
현재는 언제나 고통스러운 것
모든 것은 일순간에 지나고
지나가 버리는 것은 그리움이 되려니.

비가

A·S 푸쉬킨

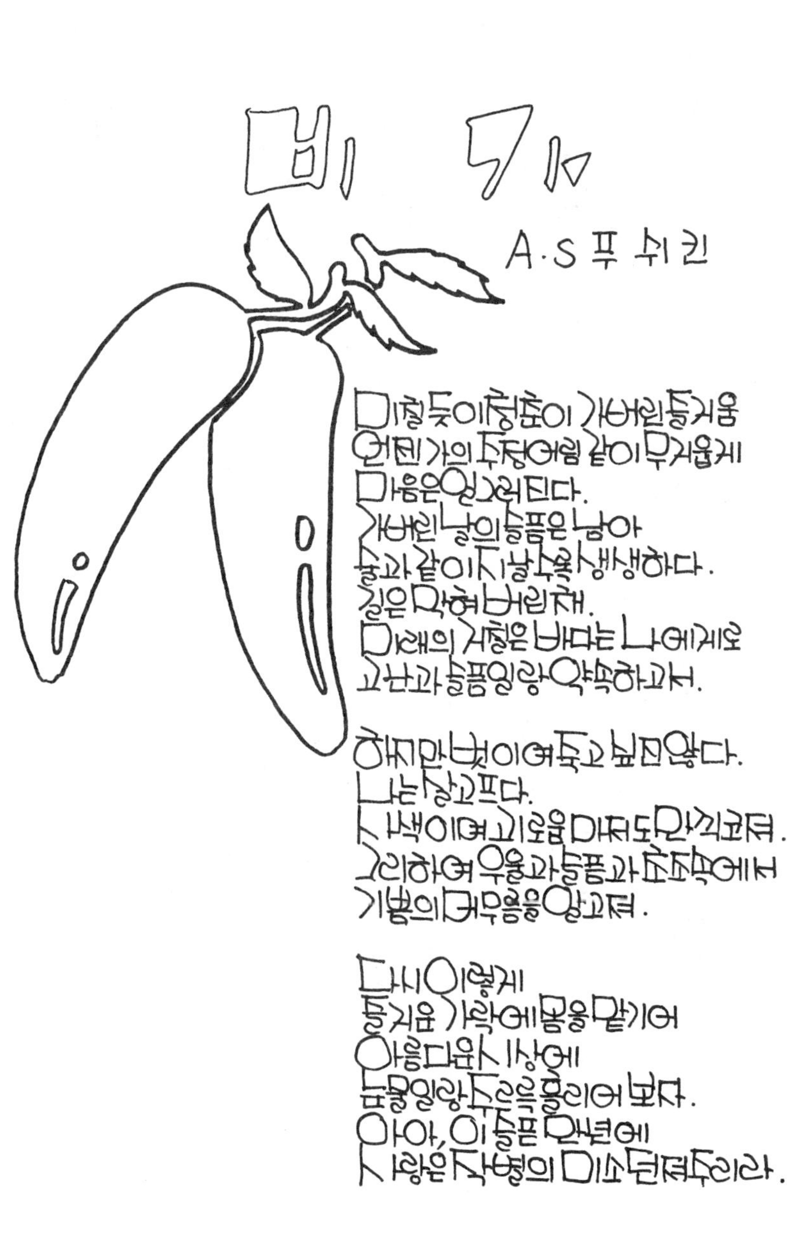

미칠듯이 흥청이 가버린 즐거움
어딘가의 주정처럼 같이 무거웁게
마음은 억눌러진다.
가버린 날의 슬픔은 남아
술과 같이 지날수록 생생하다.
길은 막혀버린채.
미래의 저 험은 바다는 나에게요
고난과 슬픔일랑 약속하고나.

하지만 벗이여 죽고 싶진않다.
나는 살고프다.
나색이 괴로울 때려도 만끽고터.
그리하여 우울과 슬픔과 표표속에는
기쁨의 겨우음을 앓고터.

다시 이렇게
즐거운 가락에 맘을 맡기어
아름다운 사상에
마음일랑 눈을 흘리어 보다.
아아, 이 슬픈 망년에
사랑은 작별의 미소 던져주리라.

회 상

A·S 푸쉬킨

죽은 자를 위해 낮의 시끄러움이 조용한
조용한 거리에 밤은
져 가면 그림자를 던지며
모든 것이 뒤덮여 잠들었을 때
이 한없는 고요 속에서 난
죽음을 태양만한 번민이 시작된다.
내 맘 속에서의
내 앞에 불이 켜진 것처럼 고통을 느끼며.
쫓기 싫어도 머릿속
갖가지 깊은 물리어
흘러내리며 잊어버린다.
침묵의 환상이 나타나
기나긴 행렬을 짓고.
나는 싫어하면서도
내 삶을 두려보고
몸을 떨며 저주의 망녀 아린다.
그리고 신음하여
슬픔의 눈물 흘리나
아무것도 지난날을 되돌릴 수 없다.